바람이 되어서라도
한 번만

바람이 되어서라도 한 번만

초 판 1쇄 2022년 06월 28일

지은이 신윤
펴낸이 류종렬

펴낸곳 미다스북스
총괄실장 명상완
책임편집 이다경
책임진행 김가영, 신은서, 임종익, 박유진

등록 2001년 3월 21일 제2001-000040호
주소 서울시 마포구 양화로 133 서교타워 711호
전화 02) 322-7802~3
팩스 02) 6007-1845
블로그 http://blog.naver.com/midasbooks
전자주소 midasbooks@hanmail.net
페이스북 https://www.facebook.com/midasbooks425
인스타그램 https://www.instagrm.com/midasbooks

ISBN 979-11-6910-034-2 03810

값 15,000원

미다스북스는 다음세대에게 필요한 지혜와 교양을 생각합니다.

※ 이 책은 2022년 부산문화재단 예술지원금 선정 작품입니다.

바람이 되어서라도
한 번만

신윤 수필집

미다스북스

새가
노래한다

편안하다. 가슴 깊이 숨겨두었던 이야기가 세상 밖으로 떠날 채비를 하고 있다. 누가 시킨 것도 아니고, 혼자 오십 년을 넘게 그것들을 꼼짝 못하게 억누르고 있었다. 스멀스멀 고개를 들기라도 하는 날이면 왈칵 쏟아지는 눈물에 풀이 꺾여 다시 숨어버린 이야기들. 이제 가볍고 아름다운 날개를 달아 밝은 세상으로 날려 보내려 한다.

언제나처럼 따라다니던 엄마의 삶 그리고 그 일부가 되어버린 내 삶. 영원히 내 곁에 있을 것 같던 엄마가 아주 먼 길을 떠나고, 이젠 가끔 이 기적인 삶을 살아가려 한다. 내 어깨를 두 팔로 살포시 보듬고 조용히 속삭여준다. 수고했다고, 이제 다 지난 과거라고. 울보는 이미 어른이 되어 버렸다.

한평생 죄인처럼 살아야 했던 엄마. 당신도 다 버리고 갔는지 내 꿈에서조차 모습을 보이지 않는다. 지겹고도 한스러웠던 이생, 그러고도 남을 만하다. 나도 당신을 조금씩 놓아주려 한다. 마음에서도 현실에서도 이제 당신 때문에 울지 않을 것이다. 깃털보다 가볍던 몸은 이미 한 줌의 재가 되어 자연으로 돌아가버린 지 4년. 가끔, 문득 허전함에 온몸의 세포들이 멈추어버릴 만큼 그립다.

사연 없는 삶은 없다. 그 사연을 스스로 묶어두지 말아야 한다. 내가 숨겨두었던 것들을 끄집어낸 이유도 그런 것이다. 나와 비슷한 삶을 살고 있을 누군가에게 힘이 되고 싶은 마음이다. 조용히 눈을 맞추고 움츠린 어깨를 쓰다듬으며 '괜찮다, 네 잘못이 아니다.' 말해주고 싶다. 주변에 일어나는 모든 일들은 드라마의 한 장면에 불과하다.

혼자 울어도 아무도 봐주지 않는다. 스스로 훌훌 털고 일어나야 한다. 난 쉰이 넘어서 일어날 용기를 가졌다. 그리고 이제 당당하게 내 속을 까뒤집어 보여주려 한다. 긴 밤, 잠 못 이루고 베개를 옆구리에 낀 채 이곳저곳에 몽롱한 몸을 맡기고 새우잠을 청하던 내가 아니다. 날개를 달고 날아갈 준비를 하고 있는 감추기 바빴던 수많은 이야기들이 내 모든 우울함을 가져가버렸다.

모든 것은 지나간다. 구름도 바람도 조금 전의 것이 아니다. 지금, 이 순간도 잠시 후면 지난 시간에 불과하다. 지난 것은 그저 옛이야기로 아름답게 포장되어 추억의 보따리에 차곡차곡 쌓일 뿐이다. 울부짖던 내 울음도 이제 희미해져간다.

오늘따라 멀리 숲속에서 뻐꾸기 울음소리가 들리지 않는다. 세상이 그대로 멈춰버린 듯 조용하다. 간간이 삶에 뛰어든 누군가의 오토바이 소리만 따가운 햇살에 열을 받아 부르릉거린다. 난 지금껏 작은 새들의 지저귐도 운다고만 여겼다. 가벼운 날갯짓도 삶의 무게에서 벗어나려 발버둥 치는 것 같았다.

왜 그렇게 들렸을까? 노래를 부를 수도, 기쁨에 넘쳐 이리저리 날뛰며 환호를 만끽했을 수도 있는 것을. 이제 그들의 소리가 다르게 들린다. 노랫소리로, 때로는 사랑을 속삭이는 달콤한 소리로 느껴진다. 창밖에서 쪼르르 한 마리의 새가 노래한다. 밝고 유쾌하다. 예전에 듣던 소리와는 다르다. 까르르 까르르 웃는다. 나도 살포시 웃는다. 같이 웃으니 웃음소리는 배가 되어 맑은 허공으로 퍼진다.

2022년 6월. 세상이 낮잠을 자는 듯 조용한 어느 날 오후에

목차

01

사랑의 온도 36.5도

12시 10분. 오늘도 어김없이 휴대폰이 울렸다. 보지 않아도 누군지 안다. 받을까 말까 잠시 망설이다 받았다. "밥은 먹었나? 난 국수 먹었다. 뭐 물 꺼고? 어여 먹어라." 쩝쩝거리며 하는 말이다. 남편이다. 목소리에 힘이 없어 보였다. 아침까지만 해도 괜찮았는데 조금 걱정이 되었다. 일주일 정도 출장을 가야 한단다. 순간 나도 모르게 목소리가 한 톤 높아졌다. 들뜬 목소리가 탄로 날까 봐 깊이 숨을 한 번 쉬며 "하는 수 없지 않으냐"고 위로 아닌 위로를 했다. 혼자 있기 싫어 투덜거리던 내가 남편을 위로하는 날이 올 줄은 몰랐다.

이젠 혼자의 시간을 차츰 즐겨보려 한다. 언제나 함께 움직여 왔기에 홀로 서는 연습이 필요하다. 오후 비행기로 출장길에 오른 남편을 배웅하고 오는 길에 먼저 친구들에게 자유로움을 알렸다. 혼자 된 첫날, 저녁으로 간단하게 햄버거를 먹고 영화를 봤다. 열 시. 나처럼 혼자 영화를 즐기는 사람들도 제법 보였다. 늦은 시간에도 거리는 활기찼다. 평소 같으면 난 이미 잠자리에 들 시간임에도 밤거리는 밝았다. 낮보다 찬란한 빛을 발했고, 요란했다. 그 속에 나도 들떠 있었다.

다음 날, 친구들과 저녁을 먹었다. 빨리 가야 한다는 압박감에서 벗어나니 즐거웠다. 시간도 여유를 부리며 더디게 갔다. 커피숍에서 수다를 떨며 웃음 한 보따리 풀어헤치고 늦게 헤어졌다. 그렇게 며칠을 하고 싶은 대로 지냈다. 하루 종일 대문 밖으로 나가지 않고 잠옷 바람으로 뒹굴기도 했다. 식사는 대충 냉장고에 얼려둔 밥을 녹이고 반찬은 김장 김치와 김으로 끼니를 때우는 수준이었다. 중간중간 밥을 먹었냐는 그의 전화에 혼자 무섭다며 엄살을 좀 떨어주기도 했다.

며칠이 지난 아침, 허기진 배를 채우기 위해 부엌에 갔다. 냉기가 흘렀다. 가스레인지 위엔 음식을 한 흔적이 없이 굳어 있었다. 몇 번을 데워 먹은 김치찌개 냄비만 덩그러니 놓여 있었다. 설거지통에도 빈 밥통 몇 개와 수저가 찬물에 오들거리고 있었다. 이번만큼은 혼자 지낼 이 시간을 즐길 생각에 부엌은 애당초 머릿속에 없애버린 탓이다. 몸은 아직 반수면 상태로 잠옷을 입고 멍했다. 사람의 온기가 사라져 버린 사늘함에 한기가 느껴졌다. 갑자기 자유로움이 허전함으로 변해갔다.

온기가 사라진 집은 빈집 같았다. 보일러는 쉬지 않고 소리를 내며 열심히 돌아가고 있었다. 그런데도 추웠다. 36.5도의 체온이 혼자일 때 그 이하로 느껴짐을 처음으로 경험했다. 이제 그 추웠던 어린 시절의 겨울이 따뜻했던 이유를 알 것 같다. 단칸방에 옹기종기 서로 몸 비비며 살아온 탓에 방 안 공기는 더 포근했다. 문틈으로 들어오는 외풍에 방에 놓아둔 걸레가 얼어도 그리 춥지 않았다. 노곤하게 달아오른 아랫목에 발을 모으고 서로를 느끼며 잠들면 따뜻했다. 함께여서 가능했던 일이다.

바람이 되어서라도 한 번만

어린 시절 방학이면 대부분 외가에서 보냈다. 외할머니 방은 언제나 한기가 돌았다. 군불을 넉넉히 넣어 아랫목은 시커멓게 타 있어도 코가 시릴 정도로 썰렁했다. 옹기종기 화롯불에 모여 앉아 손을 쬐며 외할머니는 "아이고, 우리 강생이들이 있으니 사람 냄새가 난다. 방이 훈훈해서 좋다." 하셨다. 그 방을 들어설 때 도는 냉기의 의미를 그때는 몰랐다. 혼자만의 공간을 꿈꾸던 나였기에 그 썰렁함을 이해할 수 없었고, 그저 할머니의 해묵은 하소연으로 가볍게 넘겨버렸다.

혼자일 때 느끼는 한기에는 나이가 없는 모양이다. 서울에서 공부하느라 혼자 생활하는 아들도 그랬다. 딸아이가 결혼하고 난 뒤부터 집 안이 썰렁해서 보일러 사용료가 장난 아니게 나온다고 투덜거린다. 그래서 가족이 필요하다. 사람에게서 나오는 열기는 그 무엇으로도 대신할 수 없다. 있을 때 잘하라는 말이 우연히 생기진 않은 모양이다. 혼자가 되어서야 동생은 누나의 빈자리에서 새어 나오는 냉기를 몸으로 느끼고 있다.

하나 아니면 둘인 요즘 아이들. 사람에게서 뿜어져 나오는 알 수 없는 열이 얼마나 따뜻하고 포근한지 모르고 지낼 것이다. 마음이 힘들고 몸이 아플 때 느끼는 오한이 따뜻한 말 한마디에 누그러지는 여유도 마찬가지다. 혼자의 시간을 꿈꾸던 나도 쉰다섯이 되어서야 느꼈다. 외할머니 방이 왜 그리 추웠는지, 혼자 있을 때의 거실과 그 공간을 채우는 누군가와 함께일 때 거실의 온도 차가 얼마나 큰지를 말이다.

드디어 남편이 오는 날이다. 온기가 사라진 집 안의 냉기를 쫓아내려 아침부터 분주해졌다. 햇살을 받으려 동쪽으로 난 창문의 커튼을 열어젖 혔다. 가라앉은 부엌의 온도도 높였다. 두부를 큼직하게 썰어 넣고 김치 찌개를 올리고 압력밥솥엔 밥을 안쳤다. 굳어 있던 가스 불이 칙칙거리 더니 금세 활기를 찾았다. 일주일 만에 자기의 일에 충실한 밥솥도 기쁨 의 노래를 부르며 삑삑거렸다. 36.5도의 온도로 예열 중이다.

02

사랑의 티켓

엉덩이가 들썩인다. 어깨도 덩달아 으쓱거리고 코 평수가 늘어난다. 평소에 잘 쓰지 않았던 성대가 조금씩 열리고 소리가 새어 나온다. 듣기만 하던 노래가 내 목에서 나오고 있다. 잔잔하고 때로는 흥겨운 소리다. 몇 번이고 아는 부분만 흥얼거리며 무한 재생을 하는 고장난 테이프 같다. 고운 소리는 아니지만 나름 신이 난 소리에 집안 분위기가 밝아진 것은 사실이다.

사실 난 트로트를 별로 좋아하지 않았다. 남편이 운행 중에 신나는 트로트를 틀면 나도 모르게 짜증 섞인 목소리로 시끄럽다며 구박을 주기도 했다. 그런 내가 요즘엔 트로트에 푹 빠져 있다. 젊은이들이 부르는 노래는 에너지가 담겨 있어 나를 끌어올려주는 느낌이다. 한껏 밝아진 그들의 목소리로 전하는 노래 가사는 추억과 지나온 삶이 밝게 그려져 좋다. 이제야 트로트의 맛이 느껴진다.

나이가 들어도 열정은 젊은이들 못지않다. 요즘 중년들이 삼삼오오 모여 있는 곳엔 언제나 젊은 오빠들의 이야기다. 그들은 〈미스터 트롯〉에 나온 가수들이다. 손주뻘이나 아들뻘밖에 되지 않는 이들이지만 우리들의 우상은 언제나 오빠로 불리운다. 그들은 사그라져가는 중년들의 열정과 설렘에 불씨를 살려주고 있다. 노랫말의 의미를 공감하는 나이가 되었기에 더 끌리는지 모른다.

나이 칠십에 팬클럽에 가입했다는 어르신. 미장원에서 본 그녀의 눈은 반짝거렸고, 목소리는 밝았다. 자식들이 준 용돈의 대부분을 그녀의 젊은 오빠를 위해 사용해도 아깝지 않단다. 아팠던 곳이 사라지고 그 자리에 젊음의 열정이 메워졌다며 적극적이었다. 어느 병원도 자신을 그렇게 용하게 고쳐주지 못했다며 함박 웃었다. 이제 오히려 자식이고 남편이 더 응원을 해준다며 신나 하는 그녀는 10대 소녀처럼 설레 보였다.

얼마 전 일이다. 택배 하나가 내 이름으로 왔다. 요즘 대부분이 코로나 19로 인해 비대면 전달로 문 앞에 두고 가는 편이다. 그런데 문자로 직접 수령 확인을 해야 한다며 전해 주고 갔다. 얇은 봉투였다. 궁금했다. 평소 워낙 인터넷으로 쇼핑을 하지 않아 받는 택배는 정해진 편이다. 이런 종류의 택배는 처음이라 얼른 수신자를 보았다. 발신인은 유명한 인터넷 티켓 판매처로 적혀 있었고 수신인은 나였다.

봉투를 뜯기가 두려웠다. 언젠가 물건을 무작위로 보낸 뒤 개봉을 했다가 억지 구매를 당했다는 기사를 본 기억이 떠올랐다. 우선 잘 모를 땐 아이들에게 물어보는 것이 최선이다. 사진을 찍어 가족 단톡방에 올렸다.

"벌써 도착했나 보네. 엄빠, 우리가 주관한 깜짝 이벤트에 당첨되었네. 축하해요."

딸이 전화로 축하를 해주었다. 이벤트 당첨이라니, 어리둥절했다. 아이들이 얼마 전 집에 왔을 때 우리가 텔레비전에 유튜브를 연결해놓고 그 젊은 오빠들의 노래를 따라 부르는 모습에 둘이서 이벤트를 만들었다며 안심하고 확인해도 된다며 웃었다. 구하기 힘든 콘서트 티켓이 구해져 다행이란다. 남편과 나만을 위한 이벤트라 더 의미 있었다.

사랑의 티켓이다. 갱년기 증세로 하루에 몇 번씩 땀범벅이 되고, 밤잠을 설치는 바람에 처져 있던 나에게 보내온 선물이다. 서울까지 가야 하는 불편함도 있지만 남편도 기꺼이 하루 월차를 쓰겠노라 한다. 코로나 19로 마스크를 써야 하고, 함성을 지를 수 없고, 나란히 앉을 수도 없지만 그들을 볼 수 있다는 것에 흥분이 되었다. 한 번도 만난 적 없던 나만의 우상이었던 오빠를 외치던 학창 시절로 다시 돌아간 기분이 들었다.

시골 고등학교. 라디오로 노래를 듣고 떨리는 화면으로 오빠들의 멋진 모습을 보며 설레었던 시절. 보지도 않을 편지를 쓰고, 연말이면 10대 가수 인기투표 엽서를 보내며 서로 자신이 좋아하는 가수가 최고라 열광했던 우리였다. 우리들은 이미 오빠들의 편으로 나뉘어 신경전을 벌였다. 직접 본다는 것은 상상도 할 수 없었던 시골 고등학교 시절의 애틋하고 풋풋한 두근거림과는 다른 설렘이었다.

몇 해 전 친구들과 처음으로 콘서트에 갔었다. 우리는 거의 두 시간 공연을 보는 내내 한 번도 자리에 앉지 않고 함께 뛰었다. 그곳에 있는 사람들은 이미 학창 시절로 돌아가 있었고, 하나가 되어 오빠를 외쳤다. 그의 한마디 한마디에 쓰러질 듯 소리를 질렀다. 공연이 끝나고 다리가 욱신거렸다. 다음엔 편한 복장으로 마음의 준비를 하고 가기로 약속했다. 그 에너지는 어디서 나왔을까? 십대들의 열광보다 중년들의 열광은 굵직했다.

누군가를 좋아하고 소리치는 것은 나이와 무관하다. 일본 중년들이 좋아하는 연예인을 보기 위해 우리나라까지 온다는 것, 멋진 삶이라 생각한다. 극성도 열정이다. 열정이 없으면 할 수 없는 일이다. 자신의 우상을 보기 위해 준비하는 동안 그들의 몸속엔 많은 엔도르핀이 생성되어 흥분시킬 것이다. 쌓아두었던 삶의 무게를 그들을 보면서 사라지게 한다면 가장 좋은 명약이라 생각한다.

그 자체만으로 식어가는 심장이 다시 뛰지 않을까? 중년의 식어가는 심장은 이렇게 사소한 것에서 위로받는 이타적인 사랑에 빠져들게 한다.

반피와 반피가 만나면

"경로를 이탈하였습니다."

내비게이션에서 낭랑한 목소리로 길을 잘못 들어섰다고 말해준다. 분명 목적지가 코앞이었는데 잠깐 사이에 스쳐 지나가고 말았다. 가끔 있는 일이라 당황하는 기색조차 없다.

"남의 동네 왔으면 한 번쯤은 헤매 주는 것이 예의다, 예의. 내 말이 맞나? 아이가?"

남편의 천연덕스러움에 할 말이 없다.

"아, 예에. 맞습니다. 맞고요. 어련하시겠습니까."

조금은 비꼬는 투로 답하고는 웃어넘긴다. 정말 우리는 답이 없다. 길을 몰라서도 헤매고, 둘이서 이야기하다 길을 놓치기도 한다. 아는 길도 그러기 일쑤니 우리는 남보다 30분 정도는 일찍 움직여야 한다. 그래야 약속 시간을 얼추 맞추어 갈 수 있다. 약속 장소에 도착하면 친구들은 어서 오라는 인사보다 길을 헤매고 오지 않았는지를 먼저 묻는다. 뿌로퉁한 내 모습에서 오늘도 역시나 하며 한바탕 웃는다.

5월의 캠퍼스. 등나무는 연초록빛 잎을 달고 연보라색 꽃송이를 늘어뜨리고 있다. 그 아래 시커먼 촌놈 여덟 명과 촌년 두 명이 모여 수다 삼매경에 빠져 있다. 머리는 남잔지 여잔지 모르게 모두 귀를 덮고 있다. 제법 멋을 부렸지만, 아직 어설프다. 여자 둘은 같은 고등학교 출신이며 남자 여덟 명은 모두 고향이 다르다. 조금은 모자라는 개성들 열이 모여 '진로'라는 진취적인 이름 아래 새내기 대학 생활을 시작했다.

다들 시골에서 용돈이 올라오는 날이면 회식 날이었다. 학교 앞 고갈비 고모 댁에 모여 우리의 상징 '진로(친구들이 즐겨 먹던 소주 이름이다.)'를 앞에 두고 인생살이를 논하고 유행하는 노래도 부르곤 했다. 남자들만 득실거리는 토목과. 나는 적응을 하지 못하고 우는 날이 많았다. 그런 날이면 옆에서 항상 아홉 명의 친구들이 위로를 해주었다. 그렇게 몰려다니다 그중 한 명과 나는 스무 살에 남몰래 눈이 맞아버렸다.

노래 가사처럼 몰래 한 사랑은 감질이 났다. 학창 시절 선생님 몰래 교과서 밑에 만화책 두고 보던 재미. 주어진 문제를 풀지 못해 우왕좌왕하는 어수선한 수학 시간에 몰래 먹던 도시락 맛. 지루한 물리 시간에 과자 소리 내지 않고 입안에서 녹여 먹던 그 스릴감을 느껴보고 싶었다. 친구들 사이에서 몰래 손가락 걸고 다니다 뿌리치는 짜릿함은 그 느낌과 비슷하지 않을까? 가까이 앉지도 않았다. 서로 마주 보고 앉아 눈을 맞췄다. 눈으로 사랑을 속삭였다.

나는 우리 과에서 유명 인사였다. 남자들 사이에 여자 둘이다 보니 본의 아니게 그렇게 되었다. 하지만 남자친구는 앞으로 나서지 않았다. 나를 믿는다나 어쩐다나. 한술 더 떠 지금 실컷 까불라며 앞에서 알짱거리기까지 했다. 그런 사랑을 해서일까 요즘 데이트 폭력이라는 기사가 나오면 안타깝다. 가까운 사이일수록 서로를 존중해야 한다. 살아온 환경과 생각이 다른 것을 이해하지 못하는 이기심에서 생기는 일이다.

사랑도 좀 아껴야 한다. 그런데 요즘 세대는 그렇지 않고 자유롭다. 사귄다는 소리만 나오면 여행을 떠난다. 나도 딸과 아들이 있다. 조심시키려 말을 하면 다 저마다 생각이 있고, 알아서 한다며 꼰대 같은 소리 다른 곳에 가서는 하지 말라고 오히려 나더러 조심하라니 더 이상 할 말이 없다. 그래서 요즘엔 손잡고 결혼식장에 들어서기 전까진 모른다는 말이 나온 모양이다. 그렇게 숨기는 것과 지켜야 하는 것들이 쉽게 무너져버리고 나면 구속도 생기고 잘 보여야 하는 기대감도 사라지게 마련이다. 너무 편안한 사이가 되어버려 그런 안타까운 기사가 나오는 것이 아닌지 하는 것이 내 노파심이다.

우리는 스무 살 어린 나이에 만나 요란한 사랑을 할 줄 몰랐다. 남친 군대에 보내고 울어본 경험도 없다. 외동아들이라 군대 면제를 받았기 때문이다. 그저 그림자처럼 붙어 다니다 나이를 먹고 말았다. 그냥 그렇게 서로 편한 날 결혼식 날을 잡고 아무렇지 않게 스물여섯 어린 나이에 가족이 되었다. 아이를 낳고, 홀시아버지를 모시고, 또 시아버지 돌아가신 후 울 엄마까지 모셨다. 그렇게 물 흐르듯 세월은 흘렀다.

가난하고 바쁜 사랑을 했던 탓일까, 아직도 같이해야 할 일들이 많다. 그래서 우리는 아직 온피가 되지 못했다. 등나무꽃이 수줍게 피는 오월이면 내 순수했던 때가 떠오른다. 등나무가 두 개의 줄기를 서로 꼬아 뻗어가는 모습을 닮고 싶다. 혼자 서 있는 나무보다 서로 의지하고 살아가는 연리지가 사람들에게 사랑받는다. 혼자가 외로워 둘이라고 했다.

"아이고, 이 반피(반편이의 경상도 방언)들아, 반피, 반피 모여서 그만큼 살았으면 이제 온피가 될 때도 됐구마는, 언제쯤 될래?"
남의 동네에 대한 예의를 갖추느라 조금 헤매고 늦게 도착한 우리에게 친구들은 오랜 세월을 같이해도 발전이 없다며 우스갯소리를 한다. 이제 지겨울 때도 되지 않았냐며 언제쯤 헤어질 계획인지 미리 알려 달란다. 축배를 들어야 한다고.

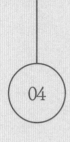

04

D라인의 여유

온천천을 걸었다. 사람들이 갑자기 내리는 비 때문인지 모두 종종걸음으로 바쁘게 움직였다. 나는 그들 속에 스며들지 않고 천천히 걸었다. 걷다 물고기가 있으면 한참 동안 멍하니 보기도 하고, 한가로이 서 있는 왜가리의 눈길을 따라 그곳에 머무르기도 하며 시간 속을 걸었다. 한참을 걷다 아름다운 광경에 미소까지 머금고 눈길을 빼앗겼다. 뒤뚱거리는 걸음으로 유모차를 밀며 걷는 젊은 엄마였다. 비가 내려도 개의치 않는 여유로운 걸음이었다.

나도 유모차와 속도를 맞추며 한참을 따라갔다. 아기 엄마가 휙 뒤를 돌아보았다.

"아이고, 놀랬죠? 너무 아름다운 모습이라 저기서부터 뒤따라왔어요."

겸연쩍어 나도 모르게 슬그머니 우산을 받쳐주며 상황을 설명했다.

"에고, 비가 와서 어쩌노. 아기가 놀라겠어요."

유모차 안을 들여다보았다. 아기는 유모차 앞부분 투명비닐에 모여서 또르르 굴러 떨어지는 빗방울을 신기한 듯 보고 있었다. 나와 눈이 마주치자 한 번 생긋 웃어 주었다.

"어차피 젖을 것 같아 저기 다리 밑까지만 가려고요. 그곳에서 비 그치면 돌아가려고 그냥 걷고 있었어요."

아기 엄마는 내 궁금증을 짐작한 듯 먼저 답을 했다. 그렇게 우리는 지하철 한 구간을 함께 걸었다. 마치 처음부터 동행한 것처럼 자연스럽게 이런저런 이야기를 주고받았다.

그녀는 첫째 아이 임신 때 몸의 변화로 큰 충격을 받았다고 한다. 날씬하던 몸매는 뚱뚱한 볼품없는 몸으로 변했고, 얼굴은 퉁퉁 부어올라 화난 복어 같이 느껴졌단다. 한동안 그런 모습이 무서워 거울도 보지 않았고, 밖으로도 나가지 않았으며 몸무게는 상상을 초월할 만큼 불어 버렸단다. 마침내 심한 우울증에 임신중독증까지 걸려 그 당시는 정말 많이 힘들었다고 얼굴을 찌푸렸다. 아기가 자신을 망가트린 것 같아 정이 가지 않았고, 미운 마음마저 들어 결국 젖 한 번 물리지 않고 키웠다며 자책하는 어조로 말했다.

병원의 도움으로 건강을 조금씩 되찾아 가고 있단다. 그사이 둘째가 생겼다며 쑥스러워했다. 첫째 아이에게 미안했던 마음을 둘째에게는 물려주지 않으려 노력 중이란다. 병원에서 일러준 '주변 사람들에게 감정 표현하기, 규칙적인 수면 습관 유지하기, 다른 산모들과 유대감 느끼기' 등의 방법도 중요했고 도움이 되었지만 결국 자신의 마음이더란다. 이제 남의 시선 신경 쓰지 않고 햇볕을 받으며 걷는 산책이 기분 전환에 효과적이라 하루에 20~30분씩 걷는단다.

인도의 시인 카비르의 시 「그대 안의 꽃」에 '꽃을 보러 정원으로 가지 말라. 그대 몸 안에 꽃이 만발한 정원이 있다.'라는 구절이 있다. 연꽃이 한 송이에 수천 개의 꽃씨를 안고 있듯 임산부는 고귀한 생명을 잉태한 위대한 사람이다. 몸의 선은 비록 볼품없는 D라인이지만 그 몸 안엔 피어나기만을 기다리는 꽃송이가 있다. 짧은 인고 뒤에 찾아올 행복은 평생토록 간직할 수 있다. 두고두고 내 이름 석 자 기억해줄 나의 분신을 품고 있으니 참으로 보람된 일이 아닐 수 없다. 진심으로 그 젊은 엄마가 아름다워 보였다.

난 1991년에 첫아이를 가졌다. 그해 부산에는 태풍 글래디스의 영향으로 하루에 439mm의 기록적 폭우가 쏟아졌다. 산사태로 인명 피해와 많은 재산 피해가 발생했다. 당시 토목 설계를 하던 나는 그 현장을 다니느라 바빴다. 하루에 무너진 흙더미를 몇 군데나 오르내려도 힘들지 않았다. 혼자가 아닌 뱃속에 꼬물거리는 아기와 동행했기 때문일 것이다. 아주 가끔 지쳐 있으면 아이가 자신의 존재를 알리기 위해 발길질하며 위로했다. 그렇게 우리는 교감을 주고받았다.

그때가 가장 신기하고 행복했다. 배 속 아이가 영향을 받을까 봐 매사 조심해서 행동했다. 바쁘다는 핑계로 가끔 무단으로 건너다니던 길도 한참을 돌아가는 수고로움을 당연하게 받아들였다. 아름다운 것만 보려 노력했고, 좋은 말만 들으려 했다. 시간이 허락하는 대로 배 속 아이에게 많은 노래와 이야기를 들려주었다. 그렇게 D라인의 여자들은 겉과 속이 같이 아름답게 성숙해져가는 것이다. 세상에서 가장 강한 '엄마'라는 멋진 이름을 갖기 위한 준비 기간이기 때문이다. 나는 그렇게 두 아이의 엄마가 되었다.

"여자들은 참 이상하죠? 산통을 느낄 때면 두 번 다시 그런 고통을 겪지 않으리라 다짐하지만 요 꼬물거리는 천사를 보면 금세 또 잊어버리니 말이에요."

그 행복의 맛을 조금은 알 것 같다는 그녀의 미소와 굴러 떨어지는 빗방울을 바라보는 아기의 미소가 닮았다. 좀처럼 비는 그치지 않았다. 다행히 집으로 가는 방향이 같았다. 언제 그칠지 모를 빗속에 무작정 둘 수가 없어 함께 걸었다. 아파트 입구에 다다라 멋진 하루였다며 인사를 하고 돌아서는 그녀의 뒷모습이 가벼워 보였다.

돌아오는 길, 객지에 있는 딸아이에게 전화를 걸었다. 언제나처럼 그리움이 촉촉하게 배어 있는 목소리가 전화기를 타고 빗소리에 스며들었다.

어우렁더우렁 도맛소리

오늘도 부엌에서 음식을 만든다. 감자와 양파를 잘게 채 썰어 튀김을 할 요량이다. 음식에 시각, 청각, 미각이 잘 이루어지면 금상첨화다. 속이 하얀 감자에 보랏빛 적양파, 녹색의 풋고추는 있다. 붉은색이 아쉬웠다. 냉장고를 뒤졌다. 쓰다 남은 당근 한 조각이라도 있기를 바랐다. 한눈에 들어오고도 남는 야채 칸을 몇 번이나 뒤지고서야 당근 한 개를 찾았다. 얼추 구색은 맞췄다.

아이들이 오면 아삭한 튀김을 동그란 대바구니에 보기 좋게 내놓을 생각에 손놀림이 가벼웠다. 요리 실력은 별로 없지만 튀김이나 전은 제법 하는 편이다. 삼십여 년 동안 제사 음식을 하다 보니 손에 저절로 익어서다. 오랜만에 들뜬 마음으로 칼질을 했다. 토닥토닥 가볍게 내려치는 칼을 도마가 잘 받쳐줬다. 경쾌하다. 음식을 만드는 사람이 신이 나 있으니 도마와 칼도 기분 좋은 소리를 냈다.

서로 합이 좋으니 한바탕 국악 놀이가 펼쳐진다. 활기찬 세마치장단에 흥이 절로 난다. 부모와 자식도 합이 맞는 사람이 있다. 엄마와 내가 그렇다. 내가 결혼을 하고도 오 분 거리를 벗어난 적이 없다. 서로 보이지 않으면 불안하다. 결혼 후 시아버지를 모시면서부터 엄마 집에서 자고 오거나 식사를 한 적이 거의 없다. 미꾸라지 찍찍거리는 소리가 나도록 주물러 끓인 엄마표 시래깃국이 그리웠다.

어느 여름날이었다. 시아버지가 시누이 집에 일주일 정도 다니러 가셨다. 엄마 집에서 자고 올 좋은 기회였다. 시아버지가 집을 나서기가 무섭게 나도 집을 나섰다. 아이들과 남편에겐 그리로 올 것을 미리 이야기해 두었다.

"엄마, 나 오늘 여기서 자고 간데이. 시아버지 청송 형님네 가셨거든."

현관문을 열고 들어서면서 들뜬 목소리로 말했다. 그리고는 살짝 잠이 들었나 보다. 편안하게 꿈까지 꾸었다. 잠결에 경쾌한 소리가 들렸다. 토닥토닥. 정겨운 도맛소리가 어찌나 잘 맞아떨어지던지 맑은 장단에 흥이 났다. 냄새도 구수했다. 몸도 뭉게구름 위에 누워 있는 것 같이 가볍고 시원했다.

소리에 따라 몸을 움직였다. 엄마의 뒷모습이 보였다. 더운 날씨에 무엇인가 음식을 만들고 있었다. 꿈인가. 볼을 꼬집어 봤다. 아팠다. 뒷모습만 봐도 엄마의 기분을 알 수 있었다. 아픈 다리를 겨우 지탱하고, 양팔을 싱크대에 올린 채 부지런히 춤을 추는 듯했다. 손의 움직임이 가볍고, 어깨의 들썩거림이 들떠 있는 것 같았다. 오랜만에 자고 간다는 딸을 위해 추어탕을 끓이는 중이었다.

도맛소리의 경쾌함을 그때 알았다. 많은 세월이 지난 지금도 난 그때의 그 소리를 기억한다. 토닥토닥. 힘들어하는 자식을 다독여 주는 소리다. 내가 식구들을 위해 도마질할 때마다 그때의 기분이 든다. 누군가 자신을 위해 음식을 만들고 있다면 달그락거리는 모든 소리가 사랑의 협주곡이 된다. 내가 그랬듯이 아이들도 그 소리를 좋아한다. 아들은 휴일에 늦잠을 잘 때 엄마가 부엌에서 달그락거리고 토닥거리는 소리가 너무 듣기 좋단다. 내가 그랬던 것처럼 가끔 눈을 뜨고도 한참을 귀 기울여 듣기도 한단다.

함께 사는 사람들끼리 마음의 합이 중요하다. 잘 건네주고 잘 받아 준다면 어떤 어려운 일이라도 헤쳐 나갈 수 있다. 자신을 날카로운 날로 아프게 한다고 여기면 끝도 없다. 도마를 유심히 보면 상처투성이다. 칼의 춤에 난 상처를 고스란히 간직하고 있다. 그래도 도마는 말이 없다. 칼이 없으면 자신의 존재도 무의미하다는 것을 알기에 묵묵히 받아들이고 있기 때문이다.

요즘 자주 나른해지고 밥맛도 없다. 맥없이 소파에 누워 깜박 잠이 든 모양이다. 꿈속에서 엄마의 장단을 찾아 헤매고 있었다. 누군가가 나를 찾는 소리가 어렴풋이 들렸다. "엄마?" 나도 모르게 떨리는 목소리로 입을 뗐다. 헛소리했나 보다. 설익은 잠기운에 부엌에서 계란 프라이를 하는지 기름 타는 냄새가 났다.

얼마나 시간이 흘렀을까? 몸이 한결 가뿐했다. 코끝에 구수함이 전해졌다. 분주하게 움직이는 두 남자의 소리가 들렸다. 엄마 집에서 느꼈던 기분이었다. 엄마의 소리보다 힘이 좀 더 들어간 장단이다. 엄마의 소리는 경쾌한 리듬의 자진모리장단을 배합했다면, 이들의 소리는 급하고 분주한 휘모리장단이 배합된 소리였다. 그 소리를 더 듣기 위해 눈을 감고 한참을 그대로 있었다.

　이제 엄마의 장단을 들을 수 없다. 몸이 아플 땐 더욱 그립다. 어깨 들썩이며 치던 도맛소리를 들으면 금방이라도 훌훌 털고 일어날 수 있을 것 같다. 비늘구름이 떠 있는 햇살 좋은 날이면 마음이 아파온다. 가장 사랑하는 자식을 위한 장단은 리듬이 다르다. 행여 자식이 싫어할까 봐 소리도 냄새도 엄마의 걸음도 긴장한다. 자체가 사랑이다. 특별하고 요란한 이벤트가 아니어도 좋다. 주인공은 아니지만 특별한 인물이 되어 등장할 수 있게 엇중모리장단에 우조가 섞이어 나는 소리면 된다. 소박하게 호박 슴벅슴벅 썰어 넣고 끓인 뚝배기 한 사발에서도, 매캐한 기름 타는 냄새도 사랑이 묻어나면 향기롭다.

06

엄마의 봄

매일 아침 엄마의 부엌문 앞에 서면 가슴이 조여 온다. 가슴이 콩닥이고 침이 마르는 긴장감이다. 밤새 안녕이란 말을 경험해보았기에 그 심정을 잘 알고 있다. 시아버지께서 정말 저녁 잘 드시고 주무시는 길로 영영 세상을 떠나셨다. 이 세상 삶에서 저세상으로 가는 길이 그토록 쉽고 간단한 일인지 몰랐다. 난 불안한 마음에 신발 소리도 요란하게 내어 본다. 엄마가 듣고 일어나 있기를 바라며 방문을 벌컥 열어젖힌다.

엄마는 담배를 즐긴다. 나를 낳고부터 속앓이를 심하게 앓던 그녀가 안쓰러워 주위 아주머니들의 권유로 피우기 시작했단다. 엄마는 담배가 우리 아이들에게 조금이라도 피해 갈까, 거동이 자유롭지 못해 요강을 사용하니 사위가 불편해할까 봐 본채에서 돌아가면 나오는 작은방에 기거하신다. 엄마가 일어나 가장 먼저 하는 일은 요강을 문밖에 두는 일이다. 밤새 잘 주무셨다는 표시기도 했다.

엄마는 인기척에 무거운 눈꺼풀을 겨우 들어 초점 없는 눈으로 나를 올려 본다.

"아이고 야야, 놀래라. 밖에 비 오나?"

습관처럼 묻는다. 산에 꽃이 피었는지, 잎이 돋았는지, 무엇이 봄을 그리 애타게 기다리게 하는지, 일 년을 넘게 계절과 날씨 상관없이 묻는 말이다. 입버릇처럼 따뜻한 봄날에 훨훨 날아가고 싶다더니 그 봄날을 기다리고 있는 모양이다.

"엄마, 오늘 큰언니 온다던데."

갑자기 초점 없던 눈에 힘이 들어가더니 혼자 신음 한 번 내지 않고 일어나 앉았다. 혼자 지내는 시간이 많을수록 보고 싶은 이도 많은가 보다. 보고 싶은 마음이 컸던지 며칠 전 꿈에 보였다던 큰언니의 방문 소식에 기분이 좋아진 것 같았다.

언니 오는 것도 볼 겸 계단으로 가서 머리를 빗자고 했다. 힘없는 다리를 겨우겨우 옮겨 바깥세상이 훤히 내려다보이는 햇살 좋은 곳에 자리 잡았다. 희끗희끗한 윤기 없는 머리를 참빗으로 곱게 빗어 넘겨 몇 되지 않은 머리카락을 닿아 나비 핀을 꽂아 마무리했다. 동글동글 예뻤다.

"아이고 시원하다. 누가 이리 해주겠노. 죽으라고 처박아놓았던 니가 내를 이리 해주네. 내가 니한테 해 준기 뭐 있다고…."

"엄마는 당연히 내가 해줘야지요."

언제나 미안하다는 말을 입버릇처럼 하셨다.

"저거 너거 언니 아이가?"

정말 언니였다. 엄마의 표정이 이내 환해졌다. 흐릿한 눈으로 얼마나 한곳을 향해 있었던지 저 멀리 오고 있던 언니를 먼저 알아보았다. 자식을 그리는 마음이 이토록 간절한지 왠지 미안하고 부끄러웠다. 언니도 손을 흔들며 뛰어왔다.

"우리 엄마 오늘 진짜 참하네. 시집가도 되겠다."

언니가 장난 반 진심 반으로 인사를 했다. 구십을 넘보는 엄마도 육십을 넘보는 언니도 햇살 좋은 오후, 한가하게 장난치며 뒹구는 어미와 새끼 고양이 마냥 천진한 얼굴이었다. 엄마를 덥석 안아 차에 태우고 휠체어를 싣고 외출했다. 워낙 작은 체구라 업고 움직이면 편하다. 그럴 때마다 전해오는 엄마의 무게와 온기가 줄어들고 있음을 느낀다.

봄바람이 기분 좋게 불어왔다. 햇살 또한 아름답게 비추었다. 나는 거울로 뒷좌석에 나란히 앉은 그녀들을 훔쳐보았다. 둘은 아담한 몸에 쌍꺼풀이 짙은 큰 눈, 오목한 콧방울까지 닮았다. 딸 셋 중에 큰 언니가 가장 엄마와 닮았다. 신이 난 엄마는 연신 웃음이 가시지 않았다. 우리도 덩달아 목소리가 커졌다. 저리 좋아하는데 다들 자기 살기 바빠 기다려줄 시간이 그리 많지 않음을 알고 있지만 현실에 얽매여 살아가고 있다.

점심으로 찹쌀 수제비를 먹기로 했다. 엄마가 좋아하는 것이라 종종 가는 집이다. 휠체어에 앉은 채 여기로 가면 어디고 저거는 무엇이고 하며 말을 막 배운 아이처럼 이야기하느라 바빴다. 오랜만에 보는 활기찬 모습이었다. 김이 모락모락 올라오는 찹쌀 수제비가 나왔다.

"아이고, 시원하겠다. 어서 먹자."

엄마는 힘없는 두 손으로 그릇을 감싸고 뜨거움도 잊은 채, 그릇에 얼굴을 묻고 국물을 들이켰다.

두고두고 생각날 음식. 새가 울고 꽃이 피는 햇살 좋은 날이면 더 그리워질 울 엄마의 모습. 엄마도 우리도 이제 다가올 엄마의 봄이 그리 멀지 않음을 알고 있다. 그렇게 총명한 눈동자가 자주 흔들리고 힘이 없다. 언니와 난 말이 없었다. 우리의 시선은 온통 엄마에게 머물렀다. 엄마의 소중한 모습 하나하나를 기억하기 위한 눈빛이다. 봄은 때가 되면 돌아온다. 하지만 엄마는 한 번 가면 영영 볼 수가 없다. 엄마의 봄이 조금 더 오래이기를 바란다.

07

아침을 여는 소리

우리는 새벽잠이 없는 편이다. 새벽 5시쯤이면 어김없이 일어나 움직인다. 세상의 움직임이 드문 새벽에는 낮에 듣지 못하는 소리를 들을 수 있어 여유롭다. 시계의 초침과 분침이 부지런하게 움직이는 소리가 들린다. 창밖에는 새들이 무리 지어 짹짹거리며 꿈틀거리는 벌레들을 찾아 나선다. 신문 배달원의 오토바이 소리, 청소차 아저씨들의 소리, 지금은 들을 수 없는 재첩국 아주머니의 구슬픈 '재첩국 사이소!' 하는 소리가 조용한 새벽을 연다.

결혼 초 아침마다 뒷산으로 운동을 다녔다. 새벽 다섯 시 남짓한 시간, 대부분 연세가 드신 분들이다. 그들은 몇 시에 산에 오르는지 그 시간에 이미 내려오는 분들도 있었다. 젊은 사람들이 보기 좋다며 먼저 말 걸어주는 그분들 덕에 우리는 즐거웠다. 여름의 따사로운 태양이 떠오르며 펼치는 아침노을은 활기차게 시작하는 우리를 응원하기에 충분할 만큼 멋졌다. 운동 길에 만나는 사람들과 '좋은 하루 되세요.'라며 주고받는 인사는 아침을 여는 소리 중 가장 좋은 소리였다.

어느 날이었다. 운동을 하고 오는 길에 우유 아주머니를 만났다. 다음 주부터 사정상 한 두어 달 배달이 어렵다며 미안해했다. 어중간한 기간이라 대신해줄 사람이 없다는 것이다. 아침 일찍 운동을 나서는 우리를 가끔 봤다며 그 일을 대신해줄 수 있는지 조심스럽게 물었다. 어렵지 않다고, 아침에 조금만 부지런하면 충분히 할 수 있는 일이라며 애원조로 말했다. 솔깃한 제안이었다. 두 달쯤이야. 어차피 일찍 일어나니까 해보기로 했다.

그렇게 우리도 아침을 여는 사람들 속에 들어갔다. 리어카에 우유 상자를 싣고 아침 운동을 대신해 달렸다. 남편은 끌고 나는 뒤에서 밀고, 참으로 아름다운 그림이라며 신났다. 시원한 우유 한 통씩 들고 '위하여'를 외치며 하루를 시작했다. 운동도 하고 그녀의 걱정도 들어주고 돈도 벌고. 이것이야말로 일석삼조였다. 만나는 사람마다 젊은 사람들이 열심히 산다며 칭찬도 해주었다. 밥맛도 꿀맛이었다.

여름 장마가 시작되었다. 리어카로는 힘이 들었다. 차로 다니기로 했다. 승강기가 없는 5층 아파트가 가장 힘들었다. 나는 저층 위주로, 높은 층은 남편이 올랐다. 5층까지 오르락내리락하는 일은 힘들었다. 승강기가 없으니 보통 어려운 일이 아니었다. 오십이 넘어 보이던 아주머니 혼자 이 일을 했다는 것이 참으로 대단했다. 우리가 예사로 생각하는 것이 이렇게 힘든 일인 줄 비로소 알게 되었다.

일주일쯤 지났다. 차츰 운동과 돈벌이에는 많은 차이가 있음을 느끼기 시작했다. 몸이 아니라 정신이 먼저 지쳐갔다. 사람들의 시선과 대하는 태도가 달라졌다. 대리점 소장의 갑질은 참으로 웃겼다. 처음에는 젊은 부부가 대단하다며 칭찬을 해주었다. 하루 이틀 지나면서 우리는 돈을 벌기 위해 고용된 사람이며, 자기의 말에 무조건적인 복종을 요구하고 나섰다.

또 많은 종류의 사람이 있었다. 분명 우유를 넣었는데 받지 않았다고 대리점으로 연락하는 사람, 넣지 말라고 했는데 넣었다는 사람들. 소장은 우리의 자초지종을 들을 생각이 애당초 없었다. 다짜고짜 고함이고 호통이다. 몇 마디 하다 보면 젊은 사람들이 싸가지가 없다고 그런 식으로 일하려면 당장 그만두란다. 대리점으로 연락했는데 우리에게 전달이 안 된 경우도 우리 탓으로 돌렸다.

수금이 더 문제였다. 그 당시엔 집집마다 찾아다니는 방법밖에 없었다. 한 집을 몇 번의 걸음을 해야 했고, 적선하듯 돈을 훌쩍 던져주는 사람들도 있었다. 하나하나 따지며 숫자가 서로 맞지 않아 우리가 물을 때도 있었다. 직업에는 귀천이 없다는 말은 허우대에 지나지 않았다. 물론 좋은 분들이 많았다. 젊은 사람이 열심히 산다며 주스 한 잔이라도 내밀며 격려하는 손길. 좋은 분이 그렇지 않은 분들보다 많아 견딜 수 있었다.

멋지고 값진 인생 공부였다. 두 달 남짓한 기간에 우린 인생을 배웠다. 많은 세월이 지난 지금도 그때 겪은 교훈에 충실해지려 노력한다. 식당에 가도, 편의점에 가도 언제나 먼저 인사한다. 그들도 누군가의 가족이고, 어디에선 손님이다. 감사하다. 고맙다. 얼마나 풍요로운 말인지 모른다. 외국에 가서도 "NO, YES, Thank you."만 잘하면 살아남는다던 지인의 말이 생각난다.

택배가 온다는 문자가 왔다. 감사하다. 수고한다고 답을 보내 주었다. 보지 않아도 괜찮다. 힘이 드는 것도, 돈이 드는 것도 아니다. 처음엔 어색해도 하다 보면 신나는 일이다. 이 모두 내가 편하기 때문에 하는 것이다. 어차피 인생은 나를 위한 것이지 않은가.

모든 것이 바빠서 빨리빨리 해치워야 하는 우리의 생활.

한 번쯤 추억 여행을 가보는 것도 괜찮은 방법이다.

아무개의 엄마가 아닌

내 이름 석 자를 찾아가기에 첫발을 내딛고 있다.

생활이 지겹고 힘들 때

이곳에 가서 퀴퀴한 책 냄새를 맡으면

꿈 많았던 학창 시절로 돌아간 듯하다.

보수동 책방골목

로봇이 커피를 나른다. 모든 일이 작은 컴퓨터 하나로 해결되는 시대에 우리는 살고 있다. 직장의 업무도, 학교 강의까지 앉아서 해결하는, 책으로만 봐 왔던 것들이 현실로 이루어진 편리한 세상이다. 서로 얼굴을 맞대고 흥정하는 사람의 냄새는 없다. 무거운 사전을 뒤적이며 단어들을 하나하나 찾고, 손으로 느끼며 물건을 고르던 우리 세대에는 아직 낯설고 어색한 광경이다. 나는 아직도 사전을 이용한다. 옛것에 대한 그리움으로 스스로 위로하는 것이다.

오랜만에 중고로 읽을 만한 책을 사기 위해 집을 나섰다. 온오프라인으로 운영되는 중고 책방에 갔다. 시원한 에어컨에 종류별로 정리되어 있는 책들이 한눈에 들어왔다. 새 책이라고 해도 손색이 없는 깨끗한 상태의 책들이 나란히 줄지어 주인을 기다리고 있었다. 책방이라기에는 너무 넓다. 내가 구하려던 박완서 작가의 『못 가본 길이 더 아름답다』를 적당한 가격에 구입할 수 있었다.

하늘도 맑았다. 아니 맑다가 지쳐 뜨거웠다. 무엇인가 잊어버린 것 같은 허전함이 자꾸 발목을 잡았다. 내리쬐는 태양에 처서가 지난 지금 잃어버린 계절의 문턱처럼 답답함이 밀려왔다. 내가 찾던 책도 구입했는데 왜일까? 멍하니 가로수를 지붕 삼아 한참 서 있었다. 손때 묻은 익숙한 냄새가 그리워서 그랬던 모양이다.

나는 다시 익숙하고 종이 냄새가 나는 보수동 책방골목으로 발길을 옮겼다. 버스를 타고 올랐던 열을 식혔다. 창밖으로 익숙한 글귀들이 보였다. 높이 쌓아 올린 책의 형상들과 보수동 책방골목이 아스라이 뻗은 계단을 사이에 두고 골목을 지키고 있다. 시골의 골목 어귀에 지하 여장군과 천하 대장군이 마을의 버팀목이 되어 서 있는 듯하다. 버스에서 내려 골목으로 접어들자 코끝으로 전해오는 종이 냄새가 나를 자극했다. 손때 묻은 책들이 쌓여 있었다.

부산의 문화거리로 알려진 이 작고 초라한 골목길. 가끔 연인과 혹은 부모의 손에 이끌려 온 아이들이 보였다. 가파르게 이어진 계단 위에 자리한 허름한 집들의 담엔 그림이 그려져 있었다. 꿈을 찾아 지구란 별로 여행을 온 어린 왕자가 여우를 만났고, 다시 작별을 고하는 장면이다. "이 세상에 가장 소중한 것은 눈으로 보이지 않는다."는 여우의 말, "오로지 마음으로 보아야만 진실이 보인다."는 말에 대한 의미를 조금은 알기에 더욱 가슴에 와 닿았다.

이곳은 아이들이 보기에는 잡동사니들로 채워진 낡고 지저분한 옛날 책방으로 여길지도 모른다. 시간이 그대로 멈추어버린 곳에 중간중간 커피집이 생겨나고 어린이 도서관이 생겼을 뿐이다. 작은 것을 소중하게 만들기에 소비되는 시간에 대한 책임을 여기 책들이 지고 기다리는 것 같았다. 너무나 쉽게 그리고 빠르게 변하는 세상에서 이곳은 그대로이다. 옛것을 잊지 못하는 촌스러운 나와 닮은 곳이다.

그저 이곳이 정겹고 편안하다. 이곳 역사에 대한 아픔을 겪어보지 않았기에 감히 당당하게 정겹다고 느끼는 것인지도 모른다. 그때를 겪었다면 몸서리치게 아파하고, 가슴 치고 통곡할 것이다. 이 골목은 슬프고 아픈 역사가 숨 쉬고 있다. 우리나라가 광복하고 기뻐할 때 일본인들이 남기고 간, 아니 어쩌면 버리고 간 책들을 들고 나와 팔기 시작했던 곳이다. 이 많은 책 중에 어느 구석진 자리에서 홀로 지난 시절을 아쉬워하며 숨어 있을 책이 가엾다는 생각이 들었다.

책방의 주인들은 쌓여 있는 책의 먼지를 털어 내고 책 제목을 말하면 바로 찾아낸다. 컴퓨터에 제목을 넣으면 위치까지 알려주는 요즘 세상 책방과는 다르다. 가게마다 쌓여 있는 책들과 긴 세월을 함께했기 때문이다. 자식 대하듯 소중히 쓸고, 닦고, 챙기며 정성껏 지켜왔기에 가능한 일이다.

난 그곳에서 『오늘 내가 사는 게 재미있는 이유』라는 김혜남 작가의 책을 한 권 더 샀다. 이 책에 이런 말이 나온다. "어떤 이유에든 꿈꾸기를 포기해버리지는 말자. 꿈이 주는 가슴 설렘을 포기하지 말자. 꿈꾸기를 멈추지 않으면 정말 사는 게 재미있다." 요즘 내게 가장 필요한 말이다.

이곳을 찾는 이들도 꿈을 꾸는 사람들일 것이다. 나 또한 꿈을 꾸고 있으니까.

내가 요즘 재미있게 사는 법은 나를 돌아보고 나를 찾아가는 것이다. 책을 통해 나를 돌아보고, 또 잊고 지낸 추억을 꺼내어본다. 어렵던 시절은 지나가고 이제 힐링을 찾아 헤매는 멋진 시대이다. 정겨움이 넘치고, 내가 살아 있음을 느끼게 하는 골목에서 평생을 보지 않아도 섭섭하지 않을 것 같았던 수학책, 수학 시간이면 거북목으로 서로 눈치를 보게 했던, 공포의 빨간색 표지 수학책이 이젠 반갑고 웃음을 자아내게 한다.

학창 시절 선생님 몰래 숨겨 보았던 만화책이며 잡지들이 눈에 들어왔다. 그 만화책을 보면서 첫사랑이란 애틋한 감정을 키웠다. 새롭게 오신 교생 선생님이 나에게는 왕자님이었고, 난 왕자의 사랑을 기다리는 작고 초라한 아이였다. 혼자만의 사랑은 너무나 쉽고 빨리 자연스럽게 끝나 버렸다. 얼마나 어리석고 철없던 시절이었는지, 또 아프게 아름답고 순수한 시절이었는지, 이 골목에서 내 어설펐던 첫사랑을 돌아보며 혼자 미소를 머금는다.

나에겐 추억의 길임에 틀림이 없다. 모든 것이 바빠서 빨리빨리 해치워야 하는 우리의 생활. 한 번쯤 추억 여행을 가보는 것도 괜찮은 방법이다. 아무개의 엄마가 아닌 내 이름 석 자를 찾아가기에 첫발을 내딛고 있다. 생활이 지겹고 힘들 때 이곳에 가서 퀴퀴한 책 냄새를 맡으면 꿈 많았던 학창 시절로 돌아간 듯하다. 잊고 지내던 첫사랑도 생각나고, 추억이란 단어로 예쁘게 포장되어 있던 기억들이 골목 여기저기서 무방비로 튀어나오는 짜릿함을 느낄 수 있었다.

09

유치원 가다

한적한 주택가 골목. 작은 쪽문은 항상 비스듬히 담에 기대어 서 있다. 공부방이라는 간판을 매달고 주 5일 동안 낮이면 그렇게 열려 있다. 그 아래 쪽머리를 한 엄마가 고개를 내밀고 세상 구경에 여념이 없다. 거동이 불편하여 멀리는 나갈 수가 없으니 이곳이 유일한 놀이터다. 민달팽이가 보이지 않게 움직여 세상을 가듯 그녀도 그렇게 움직인다. 오가는 행인들에게 무조건 말을 건넨다.

"어디 가능교?"

젊은 사람들은 이상한 눈으로 쳐다보기도 한다. 아이들은 게걸음질을 하며 그사이를 비집고 들어온다.

처음에는 그런 그녀가 창피했다. 학부모들이 보면 어쩌나 노심초사였다. 아이들이 오르는 계단 입구를 차지하고 앉아 있는 모습이 부담스러웠다. 길을 가던 또래의 할머니들은 아예 문을 막고 앉아 이야기를 나누기도 한다.

"아이고, 하루가 와 이리 기노. 밤도 길고 낮도 길다."며 서로 신세 한탄을 한다. 바람도 친구이고, 길고양이도 친구인 그녀에게 말을 걸어준 그분들이 어쩌면 고맙고 감사하다.

어느 날이었다. 옆집 아주머니가 조용히 나를 불렀다.

"할머니 요양원 보내라. 거기 가면 친구도 있고 심심하지는 않을 끼다.

얼마나 심심하겠노. 지나가는 사람들 보기도 그렇고…."

순간 얼굴이 화끈 달아올랐다. '내가 잘못하고 있는 걸까? 남의 눈에 엄마가 불쌍해 보이는구나. 이건 아닌데.' 하는 생각에 고개를 들 수가 없었다. 한 숟가락을 먹어도 집밥이 좋다는 엄마다. 나도 그렇게 생각하고 있다. 요양원은 우리를 알아보지 못할 때, 내가 더 이상 관리가 힘들어 모실 수 없을 때 가는 곳이라 생각했다. 가능하면 요양원에 보내지 않겠다는 내 결단력이 흔들리기 시작했다.

일이 손에 잡히지 않았다. 엄마는 아들이 없어 가슴에 스스로 대못을 박고 사시는 분이다. 맑은 정신에 요양원에 가시면 아들이 없어 그렇다고 서러워하실 것이 분명하다. 아들이 없어 경로당에도 가지 않는다. 그곳에서 나누는 자식 이야기가 부럽기도 하고 마음이 아픈 모양이다. 머릿속엔 수만 수백 가지 생각이 서로 뒤섞여 엉클어진 실타래가 되어버렸다. 날씨조차 비가 오락가락하고 잔뜩 내려앉아 있다. 습하고 더운 날씨가 내 감정선을 건드리고 말았다.

남의 눈치 보느라 언제나 당신의 아픔을 숨기고 사신 분이다. 부모에게 받은 머리카락을 끝까지 가지고 가신다며 지금도 쪽머리를 고수하신다. 담배를 피워도 절대 남이 보는 앞에서는 피우지 않는다. 서른여섯에 딸자식 셋을 두고 떠난 남편을 가끔 꿈에서 만나 소풍을 가신다며 소녀

같이 웃는 분이다. 자식들 고생할까 새 울고 꽃피는 따뜻한 봄에 가시기를 원하시는 그런 분이다.

나는 딸 셋 중 막내이다. 누구나 엄마와 딸은 각별하지만 나와 엄마는 더욱 그렇다. 내가 입학해도, 졸업해도, 직장을 가도, 결혼해도 눈물짓던 엄마다. 그렇기에 지금껏 떨어져 지낸 적이 없다. 시아버지가 돌아가시고 엄마가 갑자기 중환자실에 입원하시는 계기로 내가 모시게 되었다. 언니들은 객지 생활을 하다 보니 이모들이 계시는 부산이 당신에게 위안이 되기도 해서 자연스레 아니 당연하게 내가 모셔야 한다고 생각했다. 내가 엄마 가슴 한 곳을 차지하고 있고, 내 가슴속에 또한 엄마가 차지하는 공간이 크기 때문이다.

이층 공부방에서 한동안 고개를 내밀고 엄마를 내려다보았다. 햇살이 내려와 얼굴을 찌푸리고 앉아 고개만 대문 밖 세상을 향해 기웃거리고 앉았다.

"엄마, 뜨겁다. 인제 들어가소. 더워서 사람들도 한 명도 안 보이구만."

해보지만 괜찮다고 오히려 나를 들여보낸다. 이제 더운 줄도 창피한 줄도 모르는 모양이다. 그토록 단아하던 몸도 바닥과 맞닿아 땅 위에 뒹구는 낙엽이 되어버렸다.

정신없이 수업을 마치고 큰언니에게 전화를 했다. 떨리는 손을 부여잡고 밀려드는 젖은 목소리에 언니도 놀란 모양이다. 자초지종을 이야기했다. 언니의 목소리도 떨렸다.

"어째야 되겠노. 깔끔한 성격에 그곳에 가면 바로 우울증 올 낀데. 주위 사람들 보기에 안 좋아 보였나 보다. 천천히 생각 한번 해보자."

"그랬나 봐. 저번에 어느 분이 그래도 그때는 대수롭지 않게 생각했는데, 오늘은 왠지 모르게 신경이 쓰이네. 엄마 불쌍해서 우짜노."

한참을 울며 통화를 했다. 결론은 내리지 못한 채.

언젠가 친구가 했던 말이 생각났다. 시아버지가 치매 증상이 보였단다. 요양원에 가시기를 꺼리시고 자식 된 도리도 있고 해서 상담을 통해 통학 치료를 하신다고 했다. 치매 진단서가 있으면 아이들 유치원처럼 통학이 가능한 시설이 있다고 했다. 오전 9시에 모시고 가서 오후 5시에 데려다주는 시스템이란다. 친구들도 있고 프로그램에 맞춰 놀이도 한단다. 처음에는 가기 싫어하시더니 지금은 아침을 기다리신단다. 좋은 친구들이 있어 심심하지 않고 재미있어하신다고 했다. 증세도 많이 호전되어 지금은 거의 정상이라고, 무조건 전문가의 손길이 필요하다고 했다.

엄마를 잘 이해시키는 것이 중요하다. 어떻게 해야 할까? 아이들 유치원으로 비유해서 이야기할까? 요즘 노인 문제로 나라에서 신경을 많이 써주어 예전 같지 않다고 할까? 며칠만 가보고 마음에 들지 않으면 가지 않아도 된다고 할까? 적응할 동안 같이 간다고 할까? 엄마의 친구를 이야기해줄까? 내 머릿속은 온통 그 생각뿐이었다.

공부방 문을 닫았다.

"인자 끝났나? 나도 들어가야겠다."

나와 출퇴근을 같이 하는 엄마다. 그녀는 천천히 절뚝이며 또 혼자만의 공간으로 향한다. 작고 앙상한 몸. 얼마나 무거우면 한 발짝 옮기는 것이 저리 버거울까. 엄마는 새털보다 가벼워 보이는 몸을 버거워한다. '밤새 잘 지내시고 내일 또 출근하셔야지요. 이제 엄마도 유치원 가서 친구도 만나고 노래도 하고 재미나게 오래오래 사셨으면 좋겠어요.' 혼자 중얼거려본다.

이 길이 아니었네

주말만 기다린다. 혼자 다니는 것에 익숙하지 못한 성격 탓에 남편이 쉬는 날만을 기다리는 것이다. 요즘 쉽게 피곤해하는 그에게 말은 하지 못하고 눈치만 보고 있다. 주말 중 하루는 바람을 쐬줘야 일주일이 편하다며 그렇게도 나다니던 그의 활기가 눈에 보일 정도로 줄어들어 보기 안쓰럽다. 방법을 찾아보자 해도 괜찮다 고집이다. 요즘 기껏해야 외출은 언양 온천을 가거나 온천천을 걷는 것이 대부분이다.

토요일. 남편이 씻는다. 나도 눈치를 살피며 슬그머니 씻었다. 우리 부부가 특히 주말에 외출을 준비하는 모습이다. 대부분 계획 없이 나가는 편이라 그날 그의 눈빛과 몸짓을 보고 준비하는 데 익숙하다. 보온병에 귤피차를 끓여 넣고, 간단한 간식도 챙기는 모습이 전날 밀양 만어사에 가고 싶다는 내 말에 대한 답이라 여겼다. 나도 움직였다. 옷을 단단히 챙겨 입고 따라 나섰다. 한껏 말이 많아진 나에게 그는 씨익 웃으며 그리 좋냐 물었다.

고속도로를 달렸다. 아침부터 차량이 많았다. 모두 신나 보였다. 한참을 달리다 보니 내가 생각했던 길이 아니었다. 길이 워낙 많이 뚫려 있어 새로운 길을 보여 주려는 줄 알았다. 그 길도 지나쳤다. 그는 경주를 간다며 내 눈치를 살폈다. 순간 내 말투가 저음으로 바뀌고, 시선은 차창 밖으로 향했다. 낯선 곳을 좋아하는 나와 그렇지 않은 그가 이렇게 종종

엇박자를 칠 때가 있다.

힐끔거리며 눈치를 보던 그가 내비게이션을 보란다. 목적지는 영덕으로 되어 있었다. 비밀에 부쳐 두 배로 기쁘게 하려고 했는데 내가 생각보다 많이 시무룩해 보이더란다. 겨울이 시작되면서 영덕 대게 타령을 했더니 몰래 일을 꾸민 모양이다. 다시 하늘이 밝게 보였다. 스피커에서 흘러나오는 7080 노래도 흥겨웠다. 영덕은 낯선 곳은 아니지만 오랜만에 가는 길이라 창밖으로 펼쳐진 들녘엔 이미 봄이 온 듯했다. 잘못 든 길이 아니라 내가 생각지 않았던 길이었다.

살다 보면 길을 잃기도 하고, 원하지 않은 길을 갈 수밖에 없을 때도 있다. 나도 정말 어처구니없이 길을 잃고 헤맨 적이 한두 번이 아니다. 우린 산을 좋아해 주말이면 산을 올랐다. 자주 가던 산이라 절에서 공양할 요량으로 아무런 준비 없이 갔다 길을 잃었다. 가도 가도 본 듯한 길인데 산사가 보이지 않아 낭패를 보기도 했고, 안개 낀 산에서 산죽이 서걱거리는 토끼 길을 따라 무작정 걸었던 적도 있다. 산에서 길을 잃으면 생각보다 등골이 오싹해진다. 그럴 땐 계곡을 따라 걷다 보면 넓은 길을 만나기도 하고 한적한 산사가 나타나기도 한다.

평생을 두고 후회할 길도 걸었다. 아들이 심장 시술을 받았을 때다. 군병원에서 있었던 터라 보호자가 정해진 시간 동안만 머무를 수 있었다.

시술은 성공적이었다. 그 후 12시간을 꼼작도 하지 말고 소변도 받아 줘야 한다고 했다. 아들의 괜찮다는 말만 믿고 혼자 두고 돌아왔다. 하루 정도 공부방을 휴강하면 될 것을, 생각이 없었던 것인지, 단순했던 것인지 기차 시간에 쫓기어 내려왔었다.

얼마나 불안했을까? 아무리 병원이라도 군대 소속인 것을 생각하지 못했다. 아들에게 직접 말하지는 않았지만, 그때만 생각하면 미안하고, 내가 바보 같다. 주어진 시간만이라도 함께 있어 주었으면 얼마나 좋았을까? 공부하느라 서울에 있는 아들의 목소리 톤에서도 난 웃고 또 속으로 운다. 혹시 시술 부위가 아프지 않은지, 그러면 다 내 탓인 것 같아 죄인이 된다.

오로지 한 길만 있는 줄 알았다. 어쩌면 다른 길을 볼 용기가 없었는지 모른다. 조금만 생각하고 용기를 내면 새로운 길도 보이고, 해결 방법이 있는 것을 오로지 한 가지밖에 생각할 줄 몰랐다. 나처럼 너무 단순하게 앞만 보고 살다 정말 평생 가슴에 품고 살아가야 하는 후회의 길도 있다. 그러나 지나고 보니 낯선 길도 가 볼만 했다. 물론 낯선 곳에서는 두 배 이상의 노력이 필요할지도 모른다. 잘못되었다는 사실을 아는 순간부터 더 바삐 움직여 탈출하면 된다. 생각지도 않았던 길에서 만난 행복은 두 배로 크다. 인생의 여러 길을 헤매며 많은 것을 느꼈다. 길은 여러 갈

래로 뻗어 있다는 사실을.

인생의 여행길에서도 부지런한 사람들은 계속 다른 길을 가보려 한다. 여행이라 생각하고 산다면 참으로 즐길 수 있지 않을까? 낯설어서 가볍다. 어차피 내일은 가보지 않은 길이고 낯선 곳이라 약간의 긴장을 하며 가 볼 계획이다. 무엇을 해야 하는지 모르면 열심히 할 수밖에 없다. 그저 최선을 다할 뿐, 두 번 다시 가슴속에서 길 잃고 헤매는 실수는 하지 않으려 신중하고 가볍게 길을 떠난다.

바보를 그리워하는 바보

나는 조용한 것을 싫어한다. 아니 정확하게 말하면 조용한 것이 아니라 정적이 흐르는 것 자체를 좋아하지 않는다. 정적이 흐르는 것은 너무 고요해서 적막강산 같은 느낌이라 별로다. 분주하게 움직이는 세상에 혼자인 것 같아 되도록이면 피한다. 버려진 것 같은 헛헛함이 무섭다. 아무리 울며 보채도 봐주는 이 없고, 웃어도 같이 웃어 주는 이 없는 그 공간이 싫은 것이다. 혼자는 괜찮아도 정적은 싫다.

누구나 자신이 싫어하는 것은 피해 가려 노력한다. 나는 혼자 있으면 습관처럼 공상의 세상에서 헤엄친다. 가 보지 못한 곳도 마음대로 갈 수 있고, 보고 싶어도 만날 수 없는 그 사람을 찾아간다. 해보지 못한, 해보고 싶은 것도 한다. 공상은 누구에게도 들키지 않는 나만의 공간이기에 자유롭다. 사랑도 하고 배신당하기도 한다. 울기도 하고 웃기도 한다. 나는 사춘기가 두세 번은 지나고, 갱년기인 지금도 혼자만의 사랑을 하고 있다.

눈이 부시게 쏟아지는 햇살이 창문 틈을 비집고 들어오는 봄날은 더욱 허전하다. 운동을 하고 돌아온 집은 조용하다. 초롱이가 꼬리를 흔들고 몸을 비비며 나를 반겨준다. 물 한 컵을 들고 소파에 앉아 습관적으로 텔레비전을 켠다. 가수와 그 가수를 좋아하는 사람들이 호흡 맞추어 노래하고 있다. 잔잔하게 음악이 흐른다. 감성의 선이 무겁게 가라앉고, 나도 그 속으로 빨려 들어갔다.

'사랑이 또 나를 슬프게 하네요.'라는 노랫말로 시작하는 김범수의 〈하루〉라는 노래다. 노래를 부르는 청년의 눈은 촉촉하게 젖어 있었다. 사랑하는 사람과 헤어진 경험이 있느냐는 사회자의 물음에 아직 이성 간 이별의 아픔은 겪어보지 못했다며 겸연쩍게 웃었다. 이제 갓 스무 살. 그의 아버지는 젊은 나이에도 불구하고 지병으로 십여 년을 요양시설에 머물고 있단다. 아버지의 사랑을 받아 보지 못한 그의 한과 그 사랑을 갈구하는 마음이 목소리와 눈빛에서 그대로 엿보였다.

가슴이 먹먹하고 저렸다. 아이들이 올 시간이 되어 공부방에 가서도 그 여운이 남아 멍했다. 하얀 페인트칠이 된 벽에 반사되어 부서지는 햇살이 마음을 더욱 아프게 했다. 서정주 시의 '눈이 부시게 푸르른 날에 그리운 사람을 그리워하자'라는 구절처럼 그 젊은 청년의 눈빛과 젖은 목소리에 나도 그리운 이를 떠올렸다. 본 적 없어 상상으로 만들어진 내 아버지다.

원망도 미움도 사랑도 할 생각조차 하지 않고 살았다. 느낌도 방법도 모르니까. 단지 맹목적인 나의 상상 속에 존재하는 그런 사랑일 뿐이다. 그렇게 가끔 머릿속에서 그리고 가슴으로 느끼는 그런 사랑 때문에 아팠고 울었다. 듣고 보고 느낀 것을 합하여 아버지 형상의 도깨비를 만들고,

또 추억도 만들어갔다. 혼자 하는 기억이기에 멋진 것만 남기려 애를 쓴다.

어느 날, 갑자기 그 도깨비가 나타나 애써 혼자 만들어놓은 추억마저 잊어 달라고 한다면 어쩔까. 말없이 내주고 말겠지. 먼지 한 톨 쌓여 있지 않은 가벼운 추억이니까 감동도 미련도 없겠지. 하지만 누구보다 허전해 하겠지. 보태준 것도 없으면서 혼자 쌓아두었더니 그것마저 내놓으라고 한다면 같이 쌓은 것보다 공허함이 클 것 같다. 뒤통수 한 대를 격하게 맞은 기분, 그러고는 언제 그랬냐는 듯이 잊고 살아갈 것 같다.

순전히 내 몫이니 가볍다. 느껴보지 못한 사람들은 무슨 말로 설명해도 모른다. 이해한다는 말은 잘 모르지만, 알려 노력은 해본다는 말일지도 모르겠다. 위로한다고 옆에서 같이 울어주는 사람들, 그 눈물의 농도는 차이가 있다. 어쩌면 당연하다. 가슴으로 느끼는 것이 다른데 무게를 같게 해달라는 자체가 욕심이다. 다만 옆에서 들어주고 느껴주고 손잡아주는 것에 감사해야 한다. 그런 사람이 있다는 것에 행복을 느껴야 한다.

내 눈에는 우수가 들어 있다는 말을 종종 듣는다. 싫다. 보지도 느끼지도 못한 사랑 때문에 그 사랑이 남겨두고 간 흔적들 때문에 상처받고 싶지 않다. 그 사랑을 이야기하는 엄마도 가끔은 싫었다. 나이 오십이 넘어도 그 마음은 여전하다. 그 상처로 병들어 꼼짝 못 하고 나만 바라보는 엄마가 내 아픔이라 더욱 슬프다. 나이가 들면서 그 사랑을 찰나의 순간만으로 갈구하고 아파하는 사실이 바보 같다. 그래도 그리운 것은 숨길 수도 지울 수도 없기에 더 아프다.

바보상자를 무심코 보다가 나도 바보가 되어버렸다. 가슴 깊이 숨겨두었던 사람, 끄집어내기 싫은 사랑을 들추어 내고만 우울한 오후였다. 다행히 공부방 아이들이 잠시도 그런 나를 내버려두지 않고 조잘거려 그 수렁에서 쉬이 빠져 나올 수 있었다. 이렇게 햇살이 하얗게 부서지는 날, 노래를 듣고 있으면 너무 쉽게 깊은 추억에 빠져든다. 아픈 사랑이든 아름다운 사랑이든 사랑을 찾아 헤매는 데는 조건이 없다. 저 부서지는 햇살만큼 아름답고도 슬프다.

와이프를 바꿔드립니다

남편에겐 꿈이 있다. 그 꿈을 위해 토요일이면 어김없이 찾는 곳이 있다. 로또를 파는 곳이다. 남자들의 로망은 대부분 비슷하며, 자신도 그런 희망을 가지고 있으니 있을 때 잘하는 것이 현명한 선택이 아닐까 하며 실실 웃는다. 그 꿈을 향하여 오천 원쯤의 투자는 결코 아깝지 않단다. 커피 한 잔의 값으로 일주일 동안 꿈에 부풀어 살아가는 원동력이 된다며 우쭐거린다. 꿈에 돼지가 나와서 사고, 돌아가신 아버지가 나와도 사고, 똥을 봐도 산단다. 결과는 아직 별 소득이 없다. 욕심이 과한 탓이다.

남자들의 로망. 와이퍼든 와이프든 아무튼 그것을 바꾸는 꿈을 꾼단다. 어물거리는 발음으로 와이퍼를 바꾸는 것이 꿈이라는 사람. 로또를 맞으면 제일 먼저 바꾸어버리겠다며 눈치를 본다. 비 오는 날 차 유리에 붙어 비바람이 몰아쳐도 꼼작하지 않고 부지런히 앞을 닦아주는 와이퍼, 꼭 있어야 하는 물건이다. 그런 점이 비슷하다. 힘든 남편의 어깨를 다독이며 안아주는 유일한 사람이 와이프다. 물론 잔소리도 한다. 그도 사랑의 표현이다. 서로 관심이 없으면 무슨 짓을 해도 말하지 않는다. 가까이에서 묵묵하게 자기의 일을 하고 있으니 그 소중함을 모른다.

남편과 차를 타고 큰집에 가는 길이었다. 시골의 허름한 카센터에 '와이프 바꿔드립니다'라 적힌 현수막이 눈에 확 들어왔다. 그것도 "와이프"란 부분을 빨간색으로 강조까지 해두었다. 남자들의 희망 사항이란다.

어쩌면 저곳 사장의 간절함을 실수에 빗대어 진심으로 저렇게 표현한 것이라며 우린 어이없이 웃었다. 나이가 들어가면 갈수록 고개 숙이고 아내의 눈치를 보는 남자들. 그런 꿈쯤이야 눈감아주기로 했다.

어느 방송에서 봤는지, 책에서 봤는지 기억이 나지 않는다. '당신이 만약 복권에 걸리면 배우자들에게 말하겠습니까?' 하는 질문의 답에 쓴웃음을 지은 일이 있다. '남자들은 80퍼센트는 말하지 않는다. 여자들은 100퍼센트 말한다.'였다. 그 이유인 즉슨 남자들은 돈이 생기면 아내들에게 빼앗겨버리기 때문이고, 여자들은 남편 돈도 내 돈이요, 그 돈 또한 내 돈이기 때문에 말을 한단다. 그 말에 남편들이 왜 어처구니없는 희망을 품고 로또를 사는지 알 것 같아 쓴웃음을 지었다.

노인들을 상대로 '다시 태어나면 지금의 배우자를 만나겠습니까?' 하는 질문에는 할머니들의 대답이 그럴듯했다. 지금껏 길들여놓았으니, 고쳐가며 쓰는 것이 낫지, 새로 어떻게 길들이냐고 한숨을 내쉬었단다. 할아버지들은 뭐 들어보나마나 다른 사람과도 살아 보고 싶다고 했겠지. 남자와 여자들이 생각하는 차원이 다르다는 것을 그대로 보여준다. 여자는 남자에게 잔소리해서라도 서로 맞추어 가며 아웅다웅 살아보자는 마음이 크다.

누구나 자기 자리에서 묵묵히 있는 존재는 관심이 없다. 한몸이라 느끼며 별 생각 없이 지나친다. 잘되길 바라는 마음에서 하는 소리는 듣기 싫은 잔소리로 치부해버린다. 하긴 누가 싫은 소리를 좋아할까만, 혀에 발린 소리에 빠져 들고 나면 헤어 나오기 힘들고 후회한다. 한차례 몰고 간 태풍의 흔적은 복구하는 데 많은 시간이 걸린다. 그래서 피하고 미리 대비하는 것이다. 언젠가는 돌아올 곳, 미우나 고우나 옛것이 정이 가고 편하다.

부부는 나이가 들어가면서 사랑보다 동지애로 산단다. 서로 젊은 청춘에 만나 아이들 키우느라 남편은 밖에서 죽어라 일하고, 아내는 집안일 하느라 보낸 세월을 다독이며 살아가는 끈끈한 정. 그 정은 거리를 두고 걸어도 든든하다. 죽고 못 사는 사랑보다 묵직한 진함이 묻어 있다. 돈으로도 살 수 없는 그런 묵은 정, 오래 삭힐수록 더 진해지는 맛이다.

나도 요즘엔 남편의 자리가 크게 느껴질 때가 있다. 아이들이 모두 직장과 학업 문제로 떠나고, 또 영원히 곁에 있을 것 같던 엄마와도 이별하고 나니 더욱 그렇다. 출장을 갈 때도 무엇인가 허전하다. 혼자 있기를 좋아하면서도 또 그것에 익숙하지 못해 불안하다. 항상 누군가와 있던 버릇이 있어 적막감에 움츠러든다. 그런 내가 맘에 걸려 남편도 가능하면 당일로 다녀온다. 좀 유별난 일이긴 하지만 아직은 어쩔 수 없는 노릇이다. 천성은 바꾸기가 어렵다.

그만 보는 내가 지겨워서 와이프 바꾸는 날이 오게 되면 어쩌나 걱정이다. 제발 허황된 로또가 걸리지 않기를 바랄 수밖에 없다. 그래도 길들여진 와이프가 편할 것이라고 세뇌를 시키는 중이다. 비가 많이 오는 계절이 다가온다. 남편은 올해도 여전히 그 꿈을 꾸며 일주일에 오천 원을 투자하고 있다. 우리 집 와이퍼가 바뀌면 그의 꿈이 이루어졌다는 신호이다.

13

내 똥을 판 곳, 외가

가을에서 겨울로 넘어가는 계절이다. 작대기 두 개를 나란하게 세워 놓은 황량한 계절. 여름 내내 힘들었던 나무들도 이제 겨울잠을 준비 중이다. 오랜만에 외가를 찾았다. 일이 아무것도 손에 잡히지 않는 이맘때면 찾는 곳이기도 하다. 외할머니 산소가 있어 가끔 간다. 외가는 언양 반곡리 다계라는 곳이다. 그곳은 마을로 접어드는 귀퉁이부터 내 추억 보따리가 벌렁거린다.

내가 정확하게 몇 살쯤인지는 모르겠다. 버스에서 내려 6킬로미터는 족히 걸어가야 하는 골짜기에 외가가 있다. 유별나게 자갈이 많았던 비포장 길을 따라 걷다 보면 소나무 몇 그루가 무덤을 에워싸고 있다. 초등학생인 언니와 나는 그곳에 다다르면 누가 먼저라 할 것 없이 입을 성난 복어처럼 부풀리고 달리곤 했다. 숨을 쉬면 귀신이 잡아간다고 들었기 때문이다. 그런 모습에 엄마는 넘어질까 걱정이었고, 우린 느긋하게 걷는 그녀가 걱정이었다.

겨울이면 그곳엔 귀신들의 파수꾼인 갈까마귀 떼가 군무를 추며 책책거렸다. 추수가 끝난 텅 빈 들녘에서 서로 생존하기 위해 날개를 퍼덕이며 싸우고 있었다. 누군가 오기만을 기다리는 마귀할멈의 눈으로 우리를 곁눈질하며 보았다. 인기척이 나자 갈까마귀 떼는 힘차게 날아올랐다. 혼을 빼기 위해 우리의 머리 위를 빙글빙글 돌며 춤을 추었다. 갈까마귀가 귀신의 앞잡이라고 언니는 무서운 어조로 말했다. 우리는 머리를 움켜쥐고 최선을 다해 뛰었다.

숨이 코끝까지 차오를 때쯤이면 외가 마을이 보인다. 그때부터는 무서울 것이 없었다. 남양 홍씨가 많아 길에서 만나는 사람은 대부분 엄마의 아재고 오빠였다. 엄마는 어쩌다 온 친정이라 얼굴이 편해 보였다. 우리가 엄마를 좋아하듯, 그녀도 당신의 엄마를 만나러 가는 길이 행복했는지 발걸음이 가벼웠다. 시골 인심에 이끌려 이 집 저 집 들렀다가 몸을 녹이고, 간식도 먹었다. 한바탕 달음박질을 한 터라 그것들은 목구멍으로 컥컥 소리를 내며 빨려 들어갔다.

아침 일찍 시작된 여정은 반나절이 지나서야 목적지인 외가에 도착으로 끝이 났다.

"할매, 우리 왔어요. 누구게?"

"아이고 우리 강생이들 왔나. 아이고, 요 이쁜 얼굴이 다 얼어 삘네. 퍼떡 들어가자."

행주치마에 젖은 손을 훔치며 반기는 외숙모 뒤에서 외할머니는 두 팔을 벌려 반겨주었다. 방문을 반쯤 열고 외증조할머니도 연신 곰방대를 입에 대고 뻐끔거리며 내다 보았다. 이곳은 온통 우리 편이었다. 우리는 외증조할머니를 요술쟁이 할머니로 불렀다. 이를 뽑았다 끼웠다 하는 요술을 부렸다. 엄마 말을 듣지 않으면 우리도 그렇게 해버린다는 겁을 주기도 했다. 우린 증조할머니 앞에선 순한 양이 되었지만 무섭지는 않았다.

화롯불에 언 손을 녹이며 갈까마귀 이야기를 숨넘어가듯 해댔다. 할머니들은 정말 든든한 우리의 버팀목이고 포근한 안식처였다. 화로에 올려놓은 가래떡마저 우리를 쫀득하고 따뜻하게 위로해주었다.

나는 밤만 되면 화장실을 가는 버릇이 있었다. 그것을 고치기 위해 외가에 갔다. 외가에는 대나무로 울타리를 하고 짚으로 지붕을 덮은 닭장이 있었다. 빨간 벼슬로 한껏 멋을 낸 수탉과 솜털을 가지런히 단장한 암탉들은 양지바른 곳에 옹기종기 앉아 서로의 온기를 느끼며 졸고 있었다. 엄마는 그 닭들이 내 버릇을 고쳐줄 것이라 했다. 내 그 고약한 짓거리 때문에 가장 괴로운 사람은 작은언니였다. 아무리 추워도 "다 됐냐?"는 말을 되풀이하며 보초를 서야 했다.

밤이 되었다. 조용히 엄마와 밖으로 나와 닭장으로 발길을 옮겼다. 두 손은 가슴 앞에 가지런히 모으고 달님을 향해 닭장 앞에 나란히 섰다. 시골 밤은 조용했다. 외가 뒤 대나무 숲에서 나는 들고양이의 울음소리와 대나무끼리 부딪쳐 서걱거리는 소리가 마치 어둠의 교향곡처럼 무섭게 들렸다. 달빛조차 푸르스름하게 세상을 비추었다.

"닭님, 닭님. 닭님이 밤중에 똥 싸지 어디 사람이 밤중에 똥 싼답니까? 병오년 생 윤삼월 보름에 태어난 우리 막내 윤옥이 똥, 닭님이 좀 거둬 가 주이소."

엄마는 연신 머리를 조아리며 빌었다. 나도 엄마를 따라 간절히 빌고 또 빌며 절을 했다. 뒤로 늘어선 그림자도 우리를 따라 소원을 빌어주었다. 자식을 위한 부모의 기도는 정말 간절했다. 엄마의 정성이 하늘에 닿았는지 우연인지는 모르지만, 어느 날부턴가 밤에 화장실을 가지 않았다.

이제 외가는 잠시 머물렀다 오는 곳이 되어버렸다. 엄마의 품처럼 따뜻하고 포근했던 곳. 엄마의 엄마가 있는 곳이니 따뜻함이 곱절로 느껴졌다. 지친 엄마를 보듬고 감싸 안아주던 고마운 외가였다. 이젠 우리를 맞아주던 할머니들도, 내 똥을 거둬간 닭들도 없다. 우리를 무섭게 내 달리게 한 소나무로 둘러싸인 무덤과 갈까마귀 떼가 군무를 추던 논과 밭만 그대로 있다. 돌이 많던 비포장도로는 아스팔트로 포장이 되어 산뜻하다. 지금도 그곳을 지날 때면 순박했던 그 꼬꼬마가 되어 숨을 멈추고 운전하곤 한다.

빨래를 널다

나는 흙냄새가 좋아 단독주택에 살고 있다. 비 내리는 날이면 땅에서 올라오는 냄새가 구수하다. 약간 비릿하면서도 퀴퀴한 먼지 냄새지만 구수한 고향 냄새와 닮았다. 어제 종일 비가 내리더니 감나무 어린잎이 제법 파릇하게 생기를 찾아 반짝거린다. 담 너머 세상 구경 나선 장미도 수줍게 부풀어 올라 지나가는 사람들을 유혹하려 실실거리며 웃는다.

빨래를 탈탈 털어 넌다. 햇살을 받으며 살랑대는 옷들이 달아날까 집게로 양쪽을 집어둔다. 널린 옷들은 하루하루 자신의 자리에서 최선을 다하고 온 가족들의 흔적을 고스란히 담고 있다. 숨구멍 하나하나에 스며들어 있던 수고로움을 말린다. 수고했다, 고맙다 다독이며 옷들을 스윽 한번 쓰다듬어본다. 바람의 간지럽힘에 어제의 힘듦을 잊고 온몸으로 웃는 빨래들. 밤새 우리를 포근하게 감싸 준 이불도 하늘을 보며 기지개를 편 듯 일렁거린다.

내가 단독주택을 고집하는 가장 큰 이유가 이런 한가함이다. 빨래를 널어놓고 다시 돌아서 한참을 바라본다. 가끔 뽀송뽀송 말라가는 저 옷가지들을 보면 울컥해질 때가 있다. 라디오에서 들려오는 노랫소리가 어우러지면 더없이 행복해지기까지 한다. 햇살이 담에 부서져 내릴 때면 잠시 여기가 무릉도원이 아닐까 하는 희열감마저 느껴진다. 아파트라고 빨래 널 곳이 없는 것도 아니고, 꽃들을 둘 곳이 없는 것도 아니지만 내가 살았던 그곳의 기억을 더듬어보면 긴장의 연속이었다.

아이들이 유치원을 다닐 때는 아파트에 살았었다. 경기도 산본. 남편의 직장을 따라 이사한 곳이다. 30여년 만에 고향을 떠나 시작한 객지 생활이었다. 가까이 언니가 살고 있어 외롭지는 않았다. 주말이면 언니네랑 주말 농장에 가서 고추며 여러 가지 푸성귀들을 키우며 시간을 보냈다. 아이들의 친구 엄마들과도 가깝게 지내며 그곳의 생활에 잘 적응했다.

즐거움은 그리 오래 가지 않았다. 아파트 층간 소음 문제가 나에게도 다가왔다. 우리 집 아래층에 60대 부부가 살았다. 그들은 수시로 인터폰을 통해 우리 걸음걸이를 간섭했다. 시도 때도 없이 울려대는 인터폰 소리가 우리에게 소음으로 들릴 정도였다. 아래층 아저씨는 개인택시를 운행한다고 했다. 밤낮없이 일하다가 피곤할 때면 잠시나마 집에 들러 쉬어야 하므로 조심해 달란다.

"아, 네. 아이들이 어려서 우리 딴엔 항상 주의를 준다고 줘도 그러네요. 죄송합니다."

처음에는 웃는 얼굴로 무조건 사과부터 했다. 날이 갈수록 갈등은 깊어졌다. 활동성 좋은 아이들에게 언제나 조용히 하라는 것은 고문이었다. 이 방에서 뛰지 말라고 이야기하면 천진한 목소리로 "네! 엄마. 이렇게 조심조심 다니면 되지요?" 하며 뒤꿈치를 들고 까치발로 뛰어가는 아이들을 통제할 방법은 없었다. 텔레비전에서 나오는 층간 소음의 문제가 남의 일이 아니었다.

다행히 갈등이 터지기 전에 우리는 다시 부산으로 돌아왔다. 내가 몇 년 비웠던 고향은 따뜻했다. 고향은 아니지만 직장인이 되면서부터 살아온 곳이다. 가끔 3, 4일을 여행하고 돌아오기만 해도 내가 살던 곳이 반갑고 조금은 낯설게 느껴질 때가 있다. 그런데 3년 만에 돌아온 이곳은 그대로였다. 이웃과 말 없는 다툼으로 멍들었던 나를 꼬옥 안아주는 것 같았다.

그 이후로 우리 가족은 단독주택을 택했다. 이 집에 이사 오고 며칠 뒤에 작은아이 생일파티를 했다. 초등학교 1학년인 아이들은 술래잡기 놀이를 하자고 이구동성으로 외쳤다. 처음에는 뛰면 안 된다고 삐죽 눈치를 보는 아이들과 막무가내로 뛰어다니는 아이들도 있었다. 그때 우리 아이가 "우리 엄마가 우리 집에서는 마음껏 뛰어놀아도 된다고 했다. 빨리 숨자!"라며 신난 목소리로 으스댔다.

지나고 나면 모두 후회뿐이라더니, 내가 꼭 그랬다. 2층에 세를 놓고 살다 보니 서로에게 다른 입장이 있었구나 하는 생각이 들었다. 입장의 사전적인 의미는 '어떤 관점의 바탕을 이루는 기본 테두리의 생각'이다. 각자의 관점을 조금만 일찍 생각하고 배려했다면 아래층 부부와 서로 좋은 이웃으로 기억되었을 텐데 아쉽다.

단독주택은 손이 많이 가긴 한다. 비 오는 날이면 수챗구멍 막힐까 수시로 마당을 쓸어야 하고, 겨울이면 춥고, 여름이면 모기들이 괴롭힌다. 하지만 손바닥만 한 마당을 빗자루로 휘휘 쓸고 돌아보면 상쾌하다. 한철 살이 모기 덕에 네모난 모기장 모서리를 웃가지며 돌로 눌러두고 그 안에서 도란거리며 잠들던 날로 추억 여행을 떠나기도 한다.

차 한 대 겨우 들어설 만한 작은 마당에서 나는 삶을 배운다. 철 맞추어 피어나는 꽃을 보며 자연의 섭리를 느끼고, 이른 아침 왱왱거리며 날아와 부지런히 이 꽃 저 꽃 옮겨 다니며 꽃가루를 모으는 벌에게서 부지런함을 배운다. 보이지 않던 달팽이들이 어느새 마당 한가운데에 나와 있는 모습을 보면 느림의 미학을, 케일 잎사귀 뒤에 몰래 숨어 알을 낳고는 들키지 않게 다른 곳을 보라 유혹하는 나비를 보면 모성과 지혜를 생각하게 된다.

이 행복한 햇살이 슬프다. 한가롭던 골목이 술렁거린다. 우리 가족이 20여 년을 살고 있는 이 집도 재개발의 바람에 흔들리고 있다. 일반적인 주택의 개념이 아파트로 변해가는 것 같아 씁쓸하다. 높아만 가는 건물

만큼이나 올라가는 가격 앞에 나라가 흔들리고, 분열이 일어나 더 착잡하다. 흙을 밟고, 땅 기운을 받아야 건강해진다던 어르신들의 말은 이제 먼 이야기가 되어 간다.

　저 하늘 향해 얼굴을 내밀고 일렁이는 이불과 옷가지들, 아침마다 마실 오는 새들, 봄이면 한가하게 산책 오는 나비들, 다 어디로 이사를 보내야 할지 맘이 아련하다. 어디든 정 붙이면 살겠지만 이만한 곳이 있을까 하는 생각에 먹먹하다. 이 우울한 마음을 마당 한가운데 펼쳐진 파라솔 아래서 라디오를 들으며 햇살에 말리고 있는 중이다.

둥근 것들의 비애

바다마다 품위가 다르고 냄새가 다르다. 서해는 짠 내가, 남해는 물 내가 나며 동해는 시원한 맛이 난다. 그런 이유로 난 동해를 즐겨 찾는다. 마음이 울적할 때 몽돌과 바닷물이 이루는 연주 소리를 들으면 마음이 시원해진다. 어디서 굴러 온 돌인지 모르는 것들이 서로 얽히고섥켜 어느새 동글동글한 몽돌이 되어 노래까지 한다. 변덕스러운 바다의 지랄 같은 성격을 온몸으로 받아넘기는 몽돌의 깊은 속은 아무도 모른다.

몽돌처럼 둥글게 되기까지의 과정은 힘들었으리라. 누군가 무엇이든 꼭 이겨야 하지 않겠냐고 묻는다면 나는 뭐 꼭 이길 필요가 있겠느냐고 답한다. 면전에서 싫은 소리를 해도 웬만하면 그저 웃어넘기려 노력한다. 남에게 상처 주는 말을 아무렇지 않게 하는 사람을 굳이 이기려 내 힘을 낭비할 필요가 없다. 남들은 내 성격이 원만해서란다. 이런 소리를 듣기까지 많은 세월이 흘렀다. 누구도 내 속을 모른다.

원만하다는 뜻을 다시 음미해본다. 모나지 않고 부드러운 면이 있다는 뜻과 모자람이 없고 충족한다는 뜻이 있다. 성격으로의 원만은 둥글둥글하니, 어디에서든 잘 어울려야 귀염받고 인정받는다는 의미다. 혼자 있는 것을 좋아하는 나에게 어머니는 성격에 모가 나서 사람들과 잘 어울릴 수 없어 그렇다며 걱정했다. 겉으로 보았을 때 그럴 수도 있었겠다. 하지만 속내는 어울리지 못하는 것이 아니라 사람들의 여러 갈래 성격을 받아 내기가 벅찼을 뿐이다.

화가 많은 사람을 우리는 성격에 모가 난 사람이라 말한다. 수양하고 많은 깨달음을 얻어야 원만한 성격이 된다. 그 과정을 생각하면 너무 까마득하고 광활해 어렵다. 큰 바위에서 어느 날 뚝 떨어진 네모와 세모 모양의 돌들이 비바람에 시달리고 파도의 괴롭힘을 받고서야 둥근 돌이 된다. 얼마나 힘들고 아팠을지 짐작이 간다. 혼자 얼마나 울었을까? 아무도 봐주지 않는 삶을 묵묵히 세월을 보내며 자신을 버린 결과다.

빨리 철든 사람은 대부분 성격이 원만해 보인다. 나도 철이 빨리 들었다는 소리를 많이 들었다. 칭찬을 듣는 것 같아 더욱 남에게 싫은 소리 하지 않고 대부분 혼자 삼켰다. 좀 힘들어도 내가 조금 참으면 편했고, 누군가 끝까지 아니라 우기면 수긍해버렸다. 겉으로 남을 배려하는 것 같지만 그저 내가 편하게 살기 위한 수단일 뿐이다. 가끔 모서리에 심하게 부딪혀 울기도 하지만 일단 조용하고 편하다.

초등학생 때였다. 우리 학교에는 '5성 어린이' 상이 있었다. 착한 일을 하면 '선행장'을 주었다. 그것을 다섯 장을 모으면 1성 어린이 상을, 또 그렇게 모으면 단계적으로 5성 어린이 상을 주었다. 난 그 상을 타기 위해 방학 동안 학교에 나가 화분에 물도 주고 아침마다 빠짐없이 운동장 청소를 했다. 목표는 하나였다. 금방 쓰러져 버릴 것 같은 엄마를 웃게 하는 것. 공짜는 어디에도 없다는 것을 일찍 알았다.

내가 처음으로 5성 어린이가 되었다. 아마도 그 상을 받는 날 엄마도 함께했던 것 같다. 엄마의 웃는 모습이 좋아 난 무엇이든 했다. 웃을 일 없이 무조건 살아가기 바쁜 그녀를 기쁘게 하는 것이 삶의 근본인 줄 알았다. 모두 "아이고 착하다. 어찌 저리 철이 빨리 들었노. 논실댁이는 딸내미 하나는 잘 키웠다." 하는 소리가 가장 듣기 좋은 칭찬이었다. 그 소리를 듣기 위해 몽돌이 지랄 같은 바다의 성깔을 받아 주듯, 나도 주변의 모든 것을 받아들였다.

가끔 화장실 바닥에 붙은 타일을 보면서 그런 생각을 한다. 둥근 것들은 그렇게 몸을 안으로 감싸고 있다. 누구도 옆에 붙어 앉지 못하게 자신을 보호하는 것이다. 원들은 이기적일 수도 있겠다고. 세모와 네모는 빈틈이 없이 서로에게 기대어 편안해 보인다. 반면 동그란 것은 아주 조금의 몸을 허용할 뿐 함께하지 못한다. 다른 무엇인가가 빈틈을 채워주고 있다.

둥근 지붕을 보라. 이름 있는 왕들의 지붕은 둥근 모양으로 부드러워 보인다. 그 안에서 이루어지는 학대와 멸시를 감추고 우아하기까지 하다. 지친 새 한 마리, 배고픈 길고양이 한 마리 앉아 쉴 수 없는 곳이 둥근 지붕이다. 궁궐을 지탱해주는 기둥도 그렇다. 누구 하나 기둥 뒤에 숨죽이고 숨을 공간이 없다. 겉과 속이 다른 여유로움이다.

모든 것이 둥글다면 세상은 재미가 없지 싶다. 한 구슬이 모여 있는 친구들에게 함께 놀자며 살짝 다가갔더니 그들은 우르르 몸을 감싸고 흩어져 버렸다면 기분이 어떨까? 자신 탓이라 자책하며 또 혼자 울 게 뻔하다. 세모와 네모는 다르다. 비석치기 할 때 돌 하나를 툭 내려치면 둘은 금세 사이좋게 딱 붙어 있다. 얼마나 보기 좋은 일인지 모른다. 뒤 끝이 없다.

나는 어디에 속할까? "농담 잘하는 사람들이 속으로는 비애가 있다. 고통을 잊기 위해 농담을 한다."는 마크 트웨인의 말처럼 나도 누군가와 있으면 정적이 무서워 떠들어댄다. 어색한 분위기가 내 탓인 양 잠시도 그냥 두지 않는다. 둥근 성격으로 태어났다면 그런 일은 없지 않았을까. 그래서 쉽게 무리 속에 스며드는 것이 두려울 때가 있다. 뒤에 찾아오는 허전함 때문이다.

"참지 마라, 참는 것만이 능사가 아니다. 그래 봐야 썩어 가는 것은 니 마음뿐이다."

라고 항상 말하던 어머니. 그런 당신도 평생을 참고 사셨다. 길들여진 삶은 편하다. 저 몽돌들의 편안한 모습에서도 느낀다. 수많은 파도의 괴롭힘을 온몸으로 받아들이고 있다. 선천적으로 둥근 사람은 어느 것과도 부딪히지 않는다. 나도 이제 그들과 비슷하게 되어가고 있다. 어느 것을 안아도 아프지 않다. 연습의 결과다.

세모와 네모는 겉으로는 뾰족하지만, 마음이 넓어 뒤끝이 없다. 그들은 조금 딱딱하고 거칠어도 그 면들에 기대어 앉을 수 있게 다 내어 준다. 내가 많이는 살지 않았지만, 화가 날 때 화내고 또 빨리 사과하는 삶도 괜찮다. 그러다 보면 조금씩 귀퉁이가 부드러워진다. 변덕스런 바다도, 그보다 더한 사람도 모두 각자의 성격대로 살면 된다. 그때부터 우리가 된다.

가슴에 꽃을 단 영정사진.

세상에서 가장 기쁜 날의 사진이 마지막 길을 함께했다.

젊은 미망인은 울지도 않았다.

어린 상주들은 영문도 모른 채

멍하니 앉은 엄마 눈치만 보며 곁을 지켰다.

웃는 사진은 조금씩 눈물을 흘리는 듯했다.

어린 자식을 두고 가는 미안함과 부모보다 먼저 가는

불효자식의 마음이 영안실 공기를 더욱 무겁게 했다.

가을도 겨울도 아닌 계절에

유난히 깔끔한 가을, 급하게 오느라 단정한 모습이다. 나무마다 얇은 가을 옷을 입고 겨울을 맞을 준비에 바쁘다. 하루 사이에 계절이 바뀌고, 창문을 흔들어대던 바람이 무덤덤하게 서 있는 나무들을 깨운다. 붉은 감나무 이파리들이 이리저리 흩어져 어지럽게 마당을 돌아다니다 화분 뒤로 몸을 숨긴다. 고개만 빠끔히 내밀고 바람이 지나가길 기다리고 있다. 가을이 감당하기에 벅찬 일들이 홍수처럼 쏟아져 슬그머니 겨울 뒤에 숨어버린 모양이다.

빗자루를 들고 화분 뒤로 숨은 낙엽들을 쓸어낸다. 이파리들이 꽁무니를 빼고 쉬이 나오지 않으려 발버둥 친다. 내가 들고 있는 빗자루가 너무 뭉텅하게 닳아 깊숙이 숨은 낙엽들을 쓸어내기엔 역부족이다. 이 빗자루는 꼭 열여덟 번의 가을을 맞고 있는 고물이다. 이 집으로 이사 온 그해 시아버지가 만든 싸리비다. 대충 엉기성기 매여 있지만 나뭇잎을 끌어모으기에는 안성맞춤이다. 아무리 닳은 몽당빗자루지만 그의 손때가 묻어 있어 아직 버리지 못하고 있다.

그는 후두암 수술로 목소리를 잃었다. 본디 성격이 좀 급한 편이었는데, 그 이후 더욱 급해졌다고 시누이들이 말했다. 목구멍으로 새어 나오는 바람 소리 같은 말은 알아듣기가 어려웠다. 몇 번을 말하다 미처 알아듣지 못하면 화를 내며 주변 물건을 던지곤 했다. 스물아홉인 나는 무서웠다, 시아버지는 그런 성격 탓에 찬밥 신세가 되어버렸다. 시누이들은 일찍 돌아가신 어머님의 죽음조차도 그 탓으로 돌렸다.

힘 빠진 호랑이는 아무도 두려워하지 않았다. 그것을 받아주는 사람은 나뿐이었다. 평소 그는 자상하고 부지런했다. 잠시도 가만히 앉아 있질 않았다. 마당을 쓸고 나무를 다듬으며 시간을 보냈다. 손재주가 좋아 무엇이든 뚝딱 만들어냈다. 자식들의 눈치를 보며 밖으로만 도는 모습이 가엾었다. 그가 돌아가시고 나서야 그의 손때가 묻은 물건들에 더욱 마음이 간다. 사람이 든 자리는 몰라도 빈자리는 크게 느껴지는 법이다. 몽당빗자루가 그중 하나다.

그는 어느 자식도 들어주지 않는 화를 나에게 풀어내려 했다. 난 그 화를 빗자루로 풀었다. 비를 들고 천천히 마당을 한바탕 쓸고 나면 마음에 쌓여 있던 찌꺼기들이 쓸려 나와 속이 시원해졌다. 제구실에 충실하던 빗자루가 몽당빗자루로 변한 세월만큼 나도 인생의 가을을 맞았다. 몸이 닳아 작아진 빗자루만큼 그도 우리의 마음속에서 시나브로 잊혀간다. 비로 마당을 쓸 때 '너도 이제 주인 따라갈 때가 다 되었구나. 힘없이 날리는 낙엽들조차 너를 겁내지 않는구나.' 하며 중얼거리곤 한다.

한 번의 비질에 욕심을 하나씩 쓸어내며 마음을 비우는 법을 배우고 있다. 빗자루가 지나간 자리엔 또 하나의 무엇인가로 채워지고, 다음 날에 또 지워진다. 흐르지 않고 고인 물은 썩은 냄새가 나지만 흐르는 물은 맑다. 우리의 마음도 마찬가지다. 버려야 새로운 것들이 들어 올 공간이 생긴다. 쌓아 두면 곪아 언젠가 병이 된다. 원망도 미움도 어쩌면 누군가를 좋아하는 마음에서 생기는 것이어서 비워가는 만큼 그 자리엔 그리움이 쌓인다.

참 많이도 아파했다. 둘째를 임신하고 시아버지를 모시기 시작했다. 가벼운 감기로 알았던 그는 혈소판이 죽어 온몸이 피멍이 든 것처럼 되었다. 의사들도 원인을 모른다며 볼 사람들 다 보고 마음의 준비를 하라 말했다. 우리 둘은 교대로 그의 곁을 지켰고, 다행히 조금씩 회복되었다. 그 후로 10여 년을 함께 살았다. 시골에서 하던 거리낌 없이 편안한 차림을 고수하셨고, 난 그것을 말렸다. 그렇게 아무것도 아닌 일에 부딪히고 상처를 주고받았다.

그 상처가 이제 조금씩 아물어 아련함으로 남는다. 집 안 구석구석 남아 있는 그의 잔해들. 낡아 뭉텅해지고 색이 바래졌다. 그만큼 세월의 흔적들은 하나하나 지워지고, 사라져간다. 사라져가는 그 자리에 아팠던 기억이 하나의 추억으로 들어앉는다. 그 위로 즐거웠던 다른 기억이 덧붙어 또 다른 추억이 만들어진다. 그렇게 지나간 것들은 아픔도 슬픔도 추억이란 아름다운 이름으로 엮여 내 삶의 옛날이야기 보따리가 된다.

바람이 다시 한 번 휭 몰아쳤다. 애써 모아둔 이파리들이 또 숨바꼭질한다. 가을도 겨울도 아닌 이 계절에 지워버리고 싶은 것 하나하나 끄집어내어 검은 봉투 속에 차곡차곡 넣는다. 그것들은 내 삶의 밑거름이 되어 따뜻한 봄이 오면 그 자리에 새로운 싹을 돋게 할 테다.

사자(死者)들의 공원

유난히 메말랐던 여름이었다. 부산의 올해 여름은 길고도 짧았다. 코로나19로 모두를 멀리해야 하는 고독한 날들의 연속이다. 풀 사이에 숨어 여름을 보낸 풀벌레들이 제법 조잘거린다. 귀로 가을을 먼저 느끼고 있다. 간간이 불어주는 바람에서도 가을 냄새가 묻어 있다. 푸른 하늘 속에서 잠자리들의 자유로운 비행이 시작되었다.

나는 몇 달 동안 아무것도 하지 않았다. 할 수가 없었다. 글도 읽히지 않고, 글을 쓰지도 않았다. 눈에 아무것도 들어오지 않는 날들을 오도카니 앉아 흘려보냈다. 온통 글감으로 보이던 세상은 그저 회색으로 보일 뿐이었다. 돌파구를 찾을 생각조차 하지 않았다. 그때 우연히 찾은 곳이 이곳이다.

영락공원. 바로 옆 금정도서관은 자주 갔지만 이곳은 차로 지나칠 뿐이었다. 그날은 도서관에서 잠시 바람을 쐬러 나왔다가 무엇에 홀린 듯 우연히 발길이 이곳으로 흘러들었다. 무섭다는 생각보다 정겨움을 느꼈다. 그토록 많은 영혼이 있어도 조용했다. 봉긋봉긋 솟은 봉분 앞에 울긋불긋 철모르는 꽃들이 망자의 집 앞을 지켰다. 어디 하나 튀어나온 곳 없이 질서 정연하게 정리되어 있었다.

때늦은 매미들의 합창 소리가 귀를 자극할 뿐 아무 소리도 들리지 않았다. 도심 속의 공원묘지. 살아 있는 사람들의 화려하고 복잡한 공원과는 달랐다. 무덤 속의 주인은 부자도 가난뱅이도 없다. 몸 하나 누울 자리에 밥상 하나가 전부다. 아등바등 욕심부리며 남에게 해 입히는 일도 없다. 가끔 살아 있는 누군가의 방문을 흐뭇하게 바라보고 있을 뿐이다.

하늘이 가장 잘 보이는 곳에 자리를 잡고 앉았다. 정갈하게 다듬어진 집. 양옆에 꽂혀 있는 시들지 않는 꽃들이 여전히 사랑받고 있다는 느낌을 받았다. '처음 뵙겠습니다.' 묵례를 하고 앉아 하늘을 보았다. 시원하고 편안했다. 파란 하늘에 비늘구름이 떠 있었다. 하늘이 흐릿하게 꾸물거리더니 뜨거운 물줄기가 볼을 타고 내렸다.

서른여섯에 혼자 된 한 여인이 있었어요. 작은 체구에 하얀 피부. 짙은 쌍꺼풀에 예쁘장한 여인이었지요. 그때 여인은 홀시아버지와 의붓아들, 그리고 딸아이 둘에 만삭이었답니다. 너무나 갑자기 찾아온 상황에 여인은 울음조차 나오지 않았다지요. '살아야 한다. 저 새끼들을 위해서 악착같이 살아야 한다. 그런데 어떻게 살아야 할까.' 하는 생각뿐이었다나요. 상을 치르고 두 달 만에 또 계집아이를 낳았대요. 보통 유복자는 아들이라는데, 참 그 여인은 복도 없지요.

딸의 탄생에 뒤따른 시아버지의 행패는 감당하기 벅찼다며 구십을 넘보는 지금도 고개를 절절 흔든답니다. 그 여인이 이제 청춘에 떠난 남편도 보고 싶고, 어머니도 그리워 그곳으로 가려고 준비를 하는 것 같아요. 총기 잃은 눈빛으로 멍하니 앉아 그분들이 왔다 갔다고 이야기하곤 합니다. 가끔 그녀의 어머니 산소에 놀러 갔다 온답니다. 거동도 불편한 몸으로 그런 소리를 하네요.

멍한 눈으로 "너거는 내 죽으면 안 보고 싶겠나? 나는 너거 보고 싶을 낀데." 하며 막내딸 얼굴을 한참 쳐다보더군요. 그 말에 그 여인도 막내도 한참을 울었답니다. 서로에게 아픈 손가락. 그녀에게 막내 유복자는 그 자체가 안타까움이고, 그 딸에게 그녀는 평생 고생만 하다 몸도 정신도 꺼져가는 불처럼 보여 아픔이지요.

며칠 전 그 여인이 치매 진단을 받았어요. 병원 가는 날도 여인은 "나이가 들면 헛소리도 하고, 기억도 가물거리는 법이다. 이것은 병이 아니다."라며 병원 가기를 꺼리더군요. 좋은 세상 맑은 정신으로 살 방법이 있다고 다독여 병원으로 갔지요. 의사와의 상담에서 딸들 이름은 또렷이 기억하고 있더군요. 참으로 고맙고 감사한 일이었어요. 약 드시고 지금처럼만 있다가 이곳으로 와서 좋은 이웃이 되었으면 좋겠어요.

나는 한참을 이름 모를 묘지의 주인에게 넋두리했다. 속이 시원해지고 위로받은 기분이 들었다. 가끔 삶이 허하고 복잡할 때 한 번쯤 오면 좋은 곳이다. 아무도 나무라지도, 아무런 대꾸 없이 묵묵히 들어주기만 한다. 그것만으로 충분하다. 열심히만 살자. 어차피 나에게 남는 것은 이 정도뿐인데. 하는 생각을 하다 보면 편하다. 지금도 충분히 부자이고, 가진 것이 넘치는 기분이 들었다.

사실 공원묘지와는 연을 맺을 마음은 없었다. 이곳에서 지친 나를 위로받을 것이라 상상도 하지 못했다. 사람은 자신의 마음이 가는 곳만 본다. 요즘 나는 엄마와의 이별을 준비하고 있다. 하루하루 위태로워 보이는 엄마를 생각하며 요즘의 관심사가 이곳으로 향하고 있다. 멀기만 했던 곳에서 친숙함마저 느낀다. 자유롭다. 평화롭다. 요즘 내가 찾는 이곳에서 느끼는 생각들이다.

불현듯 얼마 전에 본 뉴스가 생각나는 이유가 뭘까? 내가 가장 무서워했던 주검들이 즐비한 공원묘지에 앉아 위로를 받아서지 싶다. 장애인 특별학교를 짓는 것에 대한 문제였다. 장애아 부모는 죄인이 되어 무릎을 꿇고 애원했다. 제발 가까운 곳에서 아이들이 배울 수 있게 해달라고 사정하는 것을 보았다.

무엇이 특별할까. 단지 몸이 다소 불편할 뿐이지 정신적으로는 평범하다. 누구나 자신이 다 가졌을 때는 보이지 않는다. 서로의 입장이 있는 법이지만 한 번만 마음을 열어준다면 참 아름다운 모습을 볼 수 있지 않았을까. 내가 그곳에서 위로를 받았듯이 몸은 불편해도 때 묻지 않은 아이들을 보며 그들도 위로받는 일이 한 번쯤은 있지 않을까 하는 생각에 아쉬움이 들었다.

돌아오는 길. 키 작은 코스모스도 하얀 갈대도 하나둘 피어 하늘거리고 있었다. 파란 하늘의 흰 구름도 아름다웠다. 어머니가 좋아하는 전어회를 한 도시락 사 들고 왔다. 무채에 매운 고추 하나 썰어 넣고 무침으로 드렸다. 고소하고 맛나다며 드시는 엄마의 모습에 가슴이 뭉클해졌다.

영정사진

언제부턴가 나는 상가에 가면 영정사진을 자세히 바라보는 버릇이 생겼다. 마지막으로 길을 떠나는 분들의 표정은 담담해 보였다. 미안함도 보였고 편안함도 있었다. 활짝 웃는 입가에서 몰래 숨어 흐느끼는 울음소리도 들렸고, 앙다문 입술에서 창문 사이를 비집고 들어오는 찬바람 소리도 새어 나오는 듯했다. 사연 없는 죽음이 없듯 슬프지 않은 영정사진은 없다. 하지만 영정사진들마다 표정은 달랐다. 내 기분 탓인지도 모르겠다. 죽음은 모두 갑작스레 우리를 덮친다. 그런 죽음에도 편한 죽음과 슬픈 죽음으로 나뉜다.

얼마 전 큰시누이의 남편인 아주버님이 돌아가셨다. 여든둘. 별다른 병은 없었으나 몇 번 응급실을 다녀오시곤 했다. 그래서인지 상주들도 그의 죽음을 의연하게 받아들였다. 나는 하얀 국화 한 송이를 올리고 영정사진을 바라보았다. 화려하게 꾸며진 꽃 사이에서 아주버니는 미소를 머금고 있었다. 회색 양복을 깔끔하게 차려입고, 중절모를 쓰고 있었다. 어느 죽음이 기쁠까마는 연세 지긋한 조문객들은 호상이라며 죽음의 복을 타고났다고 상주들을 위로했다.

내게 가장 슬픈 영정사진은 형부의 사진이었다. 언니 나이 서른셋에 형부가 돌아가셨다. 큰조카 여덟 살, 작은조카 다섯 살 때였다. 언니는 나에게 영정사진을 준비해달라고 부탁했다. 아이들과 행복했던 사진들

뿐이었다. 내 가슴속은 소나기가 미친 듯 몰아쳤다. 앞을 응시하는 사진 몇 장을 들고 사진관을 찾았다. 그곳에서 사진을 고르는 중 내 속의 소나기가 밖으로 쏟아져 나오고 말았다. 확대할 수 있는 사진은 언니와 형부의 결혼사진뿐이라는 사진사의 말에 어쩔 수 없었다.

가슴에 꽃을 단 영정사진. 세상에서 가장 기쁜 날의 사진이 마지막 길을 함께했다. 젊은 미망인은 울지도 않았다. 어린 상주들은 영문도 모른 채 멍하니 앉은 엄마 눈치만 보며 곁을 지켰다. 웃는 사진은 조금씩 눈물을 흘리는 듯했다. 어린 자식을 두고 가는 미안함과 부모보다 먼저 가는 불효자식의 마음이 영안실 공기를 더욱 무겁게 했다. 가는 길엔 순서가 없다지만 너무 갑자기 온 죽음은 현실로 느껴지지 않았다. 말없이 내려다보는 그의 눈 끝은 흐려 있었다.

내 나이 열여섯쯤 되는 해였다. 시골에는 영정 초상화를 그리는 사람들이 봉사활동으로 종종 왔었다. 그때 엄마는 쉰이 조금 넘은 나이였다. 지금의 내 나이쯤 되었나 보다. 나는 지금 죽음을 생각해본 적이 없다. 그런데 엄마는 그 젊은 나이에 영정사진을 준비했었다. 혼자 딸자식 키우느라 작은 몸으로 많은 고생을 한 탓에 몸도 마음도 지칠 대로 지쳐 자주 편찮으셨기에 언제일지 모를 죽음을 대비했던 것 같다. 또 어쩌면 사진 한 장 남기지 않고 죽음을 맞은 남편 때문일 수도 있었다.

초상화가 그려지는 동안 엄마는 작은 나무 의자에 앉아 무슨 생각을 했을까? 더 살고 싶다는 몸부림이었는지도, 윤달이면 죽음의 옷을 준비해두는 삶에 대한 애착 같은 심정이 더 강했는지도 모른다.

"엄마, 이런 초상화를 왜 그려놓는데? 하나도 안 닮았구마는…."

"응, 나중에 다 필요하다. 너거는 어려서 모르니까, 다들 할 때 한다고 하나 해놓았다. 사람은 한 번 왔다가 언젠가는 간다 아이가. 나중에, 아주 나중에…."

"엄마가 가기는 어디 가는데. 재수 없구로 별생각을 다 하노. 이거 갖다 버리뿌자."

투덜거리는 내 모습에 엄마는 그저 쓸쓸한 미소를 지으며 당신의 초상화를 손으로 쓱 한 번 쓰다듬고는 분홍색 보자기로 정성스레 감싸 장롱 속에 넣어두셨다.

마지막 가는 길까지 자식 생각뿐인 엄마 마음을 그때는 몰랐다. 하나도 닮지 않은 그림은 눈도 마주치기 싫었다. 금방이라도 초상화 속의 큰 눈에서 굵은 눈물이 흘러 움푹 파인 쇄골로 흘러내릴 것 같았다. 살짝 미소 띤 입술은 몰래 흐느끼는 소리가 새어 나오는 것 같아 무서웠다. 무엇보다 이 세상에 내 편은 엄마뿐인데, 그런 엄마가 죽음을 준비한다는 것이 너무 슬펐다.

보자기에 싸여 있던 그 초상화는 없애버렸는지 어느 날부터 보이지 않았다. 지금의 엄마 영정사진은 일흔 정도의 모습이다. 정갈하게 빗어 넘긴 쪽 머리가 반짝일 정도로 곱다. 벽에 당당하게 걸려 있다. 살포시 미소를 담고 있다. 편안한 두 눈은 포근하게 내려다보고 있다. 언제 다시 준비해두셨는지 모른다. 막내인 내가 결혼해서 잘 사는 모습을 보기 위해 여든까지 사시는 것이 소원이던 엄마가 올해 여든아홉. 몸무게 23킬로그램. 딸들 고생할까 꽃피고 새우는 봄날 가시기를 원하는 엄마는 한 마리의 새처럼 가볍다. 이제 따뜻한 당신의 봄을 기다리고 있는 듯하다.

언젠가는 엄마가 좋아하는 국화 사이에서 검은 리본을 달고 우리와 이별을 고할 사진이다. 하지만 슬퍼하지 않을 것이다. "이제 내가 할 일은 다 했는 것 같다. 너거들 잘 사는 것 보이 좋다. 슬퍼하지 말거레이. 내 새끼들아, 고맙데이." 하며 미소 띤 얼굴로 편안하게 아버지를 만나러 가는 길 행복하게 보내드리라 다짐하고 있다. 우리와 하나하나 눈 마주치고 있는 엄마와 그렇게 안녕을 고하고 싶다.

19

골목길

가벼운 차림으로 운동화 끈을 동여매고 집을 나섰다. 남편이 출근하고 해가 달아오르기 전에 동네 한 바퀴를 돈다. 여름의 햇살은 떠오르는 순간 이미 예열이 되어 있어 뜨겁다. 마당이 있는 주택에서 마음껏 뛰어놀던 초롱이가 아파트로 이사를 오면서 처져 있는 모습이 안쓰러워 시작한 산책이다. 나도 마찬가지다. 열어둔 현관으로 계절마다 다르게 느껴지던 바람의 내음과 조금 쾌쾌한 흙냄새가 그리워 함께 한다. 이사를 왔으니 이곳의 골목을 따라 걷는다.

우리가 살던 곳과는 차이가 있다. 사람 사는 냄새가 나지 않아 낯설다. 전에 살던 곳은 비록 콘크리트 담이지만 정리가 되어 훤하고 햇살이 좋았다. 담에 늘어진 나무 그늘도 있어 간간이 쉬어 가도 좋은 곳이었다. 이곳은 햇살이 건물들 사이로 겨우 비집고 들어온다. 사방이 원룸과 빌라가 들어서 있어 답답하다. 길고양이의 생김새조차 다르다. 예전의 그곳 길고양이는 날씬하고 사람을 보면 숨어버리는 순수함이 보였다. 여긴 포동포동 살이 올라 꼬리를 치켜들고 어슬렁거린다. 눈이라도 마주치면 가로로 세워진 눈매로 깜빡거리지도 않는다.

발길을 돌렸다. 걸어서 15분이면 전에 살던 곳이다. 초롱이를 앞세우고 천천히 그곳으로 갔다. 몸은 천천히 가고 있지만, 모든 신경들은 촉수를 세우고 바쁘게 움직였다. 새로운 곳을 눈에 담아 가며 옛길을 찾아갔다. 동네 어귀에 들어서자 녀석이 먼저 끙끙거리며 반응했다. 코를 실룩거리더니 다리에 힘이 들어가고 앞장서기 시작했다. 항상 열려 있던 앞집 대문도 슈퍼 문도 주인을 잃고 힘없이 닫혀 있다. 담 너머 움직임은 들리지 않고 황량하다.

밤마다 주차 문제로 복잡하던 골목. 그 많던 차들은 다른 보금자리를 찾아 떠나고 행하다. 딱 트인 골목이 적막감과 아울러 쓸쓸해 보인다. 붉은 글씨로 '철거'라고 아무렇게나 적어 둔 담들. 우리 집 대문에도 붉은 페인트로 X자가 그려져 있다. 굳게 잠긴 대문은 꿈쩍도 하지 않고 덜컹거린다. 미쳐 떼어내지 않은 공부방 팻말이 이층 계단 옆 벽에 붙어 있다. 주인이 떠나고 혼자 집을 지키고 있는 것 같아 안쓰러워 떼어내려 뒷문을 열어 봤다. 열렸다. 이제 남의 명의로 된 곳이라 팻말만 떼고 행여 누가 볼까 얼른 나와버렸다.

"롱아, 이제 우리 집 아니야. 너 친구 야옹이들은 이제 어디로 갔을까나. 그치?"

하며 초롱이를 안아 담 너머 집 안을 보여 주었다. 집을 비운 지 4개월. 사람이 살지 않는 집은 금세 폐허로 변해버렸다. 그렇게 예쁘게 피던 접시꽃도 이리저리 볼썽사납게 쓰러져 있고 아침마다 새들이 찾아와 노래하던 나무들도 없었다. 엄마가 앉아 담 너머로 세상 구경하던 계단에는 이름 모를 풀들이 벌써 자리 잡고 앉아 낯선 이의 방문에 멀뚱거리며 쳐다보는 듯 일렁거렸다.

이 집은 처음으로 우리 집이라고 입주한 곳이다. 첫 번째 아파트는 입주를 앞두고 경기도로 이사를 갔고, 두 번째 아파트는 또다시 입주를 앞두고 부산으로 이사를 왔다. 아파트와 인연은 없었던 모양이다. 큰아이가 초등학교 3학년, 작은아이가 1학년인 겨울에 왔다. 골목에서 아이들이 뛰어놀던 모습이 선하다. 퇴근해 온 아빠랑 배드민턴을 치며 까르르거리던 모습, 롤러스케이트를 타다 넘어져 무릎에 피를 흘리며 울던 모습, 처음으로 자전거를 배우느라 동네가 떠나가도록 소리를 치며 '아빠 절대 놓으면 안 돼. 아빠. 아빠!'를 외치던 소리가 들리는 듯했다.

골목엔 사연들이 가득하다. 삶에 지친 남편을 위로하던 길이다. 부모와 처자식 먹여 살리려 내팽개쳐진 자존심에 마음이 아파 비틀거리며 걷던 남편. 걱정된 마음에 모두 잠들어 조용한 골목에 나와 보면 어스름한 가로등을 잡고 한참을 알아듣지 못할 말로 하소연하던 그. 뛰어가 잡으면 아무 일 없듯 "아이고, 우리 마나님 안 자고 여긴 우째 나왔소." 하며 내 어깨에 기대어 비틀거리며 걷던 고독한 가장의 술 냄새가 묻어 있는 곳이다.

골목은 정이 있었다. 이사를 처음 왔을 때 서먹해 하는 우리를 이웃들과 인사를 나눌 수 있게 한 오죽교 같은 곳이기도 하다. 감자를 삶고 옥수수를 삶아 담 아래 그늘진 곳에 앉아 이야기를 나누던 사랑방이기도 했다. 아이들이 뛰어놀면 이웃 누군가가 나와 아이들을 챙겼다. 순서를 정해놓은 것도 아닌데 자연스럽게 이루어졌다. 서로 대문을 열어두고 이런저런 이야기로 꽃을 피웠던 곳이다.

사랑도 있었다. 앞집 아가씨가 연인과 희미한 가로등 아래서 애틋한 이별을 고하다 들키기도 한 로맨틱한 곳이다. 나도 그런 이별을 어둑한 골목, 깜박이는 가로등 아래서 경험했던 청춘이던 시절이 있었기에 눈감아주었다. 내일이면 또 만날 사람, 그래도 그 이별은 아쉽기 마련이다. 엄마가 볼까 두근거리는 마음에 손을 잡았다 놓았다, 서로 웃었다가 먼저 가라 손짓하던 희미한 길. 그 불빛마저 사랑을 지켜주었다.

이별도 있었다. 시아버지가 이 집에서 돌아가셨다. 이십여 년 전 11월의 겨울은 제법 추웠다. 이층 사람의 배려로 그곳에 천막을 치고 손님을 맞았다. 골목에 늘어선 화환과 차들, 조문객들이 북적여도 이웃들은 말없이 자신들의 차를 빼주며 도와주었다. 우리 엄마도 이 골목을 휠체어에 몸을 싣고 어디를 가는지도 모른 채 딸들에게 몸을 맡기고 희미한 의식 속에서 요양원으로 떠났다. 그러고는 돌아오지 못하고 영영 이별을 고했다. 이 골목은 대문 틈 사이로 새어 나오는 집집마다의 사연을 품고도 조용하다. 내 삶도 그렇게 20여 년을 묵묵히 지켜주었다.

고향, 그립고 아프다

봄이 오는 소리가 여기저기 들린다. 그 소리에 얼굴을 보자는 친구들의 수다가 휴대폰을 타고 요란했다. 대화의 장은 어제저녁부터 열려 새벽이 되어서야 파장했나 보다.

"봄바람도 살랑살랑 부는데 얼굴 봐야제. 바람 타고 통도사 홍매화 보러 가자. 봄 처녀 제 오시는디 우리가 또 마중을 안 가면 섭섭하지."

"옥이는 뭐 한다고 답이 없노."

"가시나, 벌써로 자나?"

"야, 우린 노친네하고는 못 놀겠다."

내가 잠든 사이 남겨진 댓글이 가관이다.

통도사가 있는 순지리(신평)는 내 고향이다. 대학을 졸업하고 직장을 다니면서부터 부산에서 살고 있다. 고향이라는 말, 참 다정하고 안타깝고 그립고 아픔이 담겨 있다. 엄마라는 말에 나도 모르게 뜨거움이 일듯 고향에 대한 이야기만 들어도 깊숙이 숨어 있던 추억이 온통 소환되어 찡하다. 힘들 때 찾아가면 말없이 위로해주는 그런 곳. 어쩌면 나를 너무 잘 알기에 피하고도 싶은 곳이기도 했다. 가난했던 어린 시절을 고스란히 알고 있는 그곳을 생각에서 지우고 싶었는지도 모른다.

여의찮게 고향을 찾아가는 날이면 나는 무대에 오르는 연극배우가 되곤 했다. 화려하지는 않지만 화장하고, 가지고 있는 옷 중에 가장 깨끗하고 예쁜 옷을 입었다. 설렘과 두려움에 밤잠을 설치기도 하고, 몇 번을 거울 앞에 서 내 표정을 살피기도 했다. 고향은 내가 잘 사는 모습만 보여주고 싶은 친정과도 같은 곳이라 생각했다. 시아버지를 모시고, 아이들을 키울 땐 마음의 여유가 없어 잠시 잊고 있었는지 모른다.

세월이 약이라 했던가. 시아버지가 돌아가시고, 아이들이 어느 정도 자라 내 손길이 많이 가지 않을 시기가 왔다. 그 순간부터 내 마음속 한 구석에서 고향이란 단어가 새록새록 자라기 시작했다. 마음이 열리는 순간 몸도 함께 꿈틀거렸다. 봄이 올 즈음이면 양지바른 곳에서 뽀얗게 고개를 내민 쑥을 캐던 어린 내가 보였고, 여름이면 통도사 계곡의 맑은 물에서 친구들과 어울려 멱을 감으며 함박웃음 짓던 까맣게 그을린 아이들이 보이기 시작했다.

가끔 추억을 더듬어 내가 뛰어놀던 골목을 찾곤 한다. 신평에서 가장 높게 우뚝 서 있던 삼화탕 굴뚝은 없어지고, 건물만 초라하게 남아 있다. 나는 목욕탕 앞집 아이였다. 잠깐이지만 목욕탕 청소 아르바이트를 했다. 마감 시간이면 그 넓은 곳은 언니와 나의 전용 풀장이 되었다. 긴 막대 수세미로 한바탕 밀고 바가지로, 호스로 물을 퍼붓기만 하면 끝이었다. 크게 노래를 부르며 하는 일은 즐거웠다. 가끔 엄마까지 합세하면 가족탕이 되었다. 지금도 그곳을 지나다 보면 까르르거리는 웃음이 반쯤 열려 있는 문 사이로 배어 나오는 듯하다.

통도사는 삼대 사찰 중의 하나다. 대웅전에 부처님 좌상 대신 큰 유리를 통하여 밖을 보게 되어 있다. 그곳에는 부처님의 사리가 간직되어 있는 사리탑이다. 그곳을 향해 많은 사람이 절을 하고 자신을 돌아본다. 두 손을 합장하고 탑돌이를 하는 사람들도 있다. 학창 시절, 숨을 참고 돌면 소원을 들어준다는 말에 새어 나오는 숨을 참으며 돌았다. 무엇이 그리 간절했던지 지금은 기억이 없다. 어쩌면 멋진 남자친구가 생겼으면 하고 빌었는지도 모른다.

통도사의 상징은 역시 황금 송이라 생각한다. 매표소에서부터 인도 양 옆으로 펼쳐진 황금 송은 보기만 해도 가슴 깊은 곳까지 시원하게 뚫리는 듯하다. 안개가 자욱한 날이나 잔잔하게 비가 내리는 날이면 더욱더 환상적이다. 어떤 날은 운 좋게 한 폭의 풍경화 속 주인공이 될 때도 있다. 아스라이 펼쳐진 그 길에서 여유로움을 가지고 바쁠 것 없이 걷는 봇짐을 멘 스님의 모습은 한 폭의 그림이다. 그럴 땐 나도 그 뒤를 숨소리조차 죽이며 뒤따른다. 군데군데 서 있는 바위에 새겨진 글들을 읽으며 그 순간만은 자연의 일부가 된다.

초등학교 때부터 고등학교까지 12년을 줄곧 그곳으로 소풍을 갔다. 내가 사진이란 것을 처음 찍었던 곳도 그곳 자장암 골짜기이다. 초등학교 2학년 봄 소풍 때 짧은 바지에 하얀 블라우스를 입고 그때 유행하던 빨간 물통을 메고 찍은 사진이 처음이었다. 그 표정까지 생생하다. 까무잡잡한 얼굴에 고개를 반쯤 숙이고, 어색한 미소를 띠며, 다리를 꼬고 비스듬히 서 있다. 그 모습에서 가난은 없다. 맏이인 죄로 일찍 일터로 나간 큰언니 덕이었다.

금개구리가 바위틈에 나온다는 자장암. 나는 아직 마음을 다스리지 못한 탓일까 본 적이 없다. 백팔번뇌를 잊게 하는 아름다운 계단이란 입석을 따라 올라가며 코끝으로 진하게 타고 전해지는 향냄새가 머리를 맑게 한다. 자라의 발처럼 생긴 바위가 암자 안에 자리하고 누워있다. 자연을 해치지 않으려는 마음이 깃들어 있는 곳이다. 가끔 훌훌 털고 찾아가 멍하니 앉아 있다 보면 그 속에 스며든다.

얼른 문자를 보냈다. 입가에는 저절로 미소가 번졌다.

"이것들이 언니 보고, 노친네라니. 너거도 내 나이 돼 봐라. 초저녁잠은 늘고 새벽잠은 없어진다. 당연히 우리가 봄 처녀 마중 가야지. 당장 내일 통도사 입구에서 열한 시 집합하자."

  아직 잠에서 덜 깬 이른 아침이다. 답이 없다. 봄을 시샘하는 꽃샘추위

가 새벽을 차지하고 생떼를 부리고 있다.

내 편이 있다는 것

후드득 비가 떨어졌다. 봄을 맞으러 오는 비인가 보다. 마당 한구석에 있는 수선화가 외로이 고개를 내밀고 비를 맞고 있다. 그렇게 봄은 성큼 우리 마당에 와있었다. 날씨 탓이었을까? 온몸이 으슬으슬 한기가 들었다. 식은땀이 흐르고 변덕스러운 날씨처럼 몸도 변덕을 부리기 시작했다. 손가락 하나 움직이기 싫을 만큼 아팠다. 소파에 누워 소금에 절여 놓은 배추 같이 널브러져 있었다.

하릴없이 거실을 서성이던 아들이 나를 빤히 내려다봤다. 평소의 내 모습이 아니다 생각된 모양이다. 눈이 마주치자 서로 씩 웃었다. 아들이 잠시 나갔다 온다며 편한 차림으로 집을 나섰다. 곁에 아무도 없으니 빗소리가 더욱 요란하게 들렸다. 바람도 간간이 창문을 두드리고 갔다. 퇴근 시간이 정확하던 남편은 갑자기 약속이 잡혀 늦는단다. 까불기 좋아하는 강아지 초롱이마저 조용했다. 내 옆자리에서 나와 같은 자세로 누웠다. 작은 동물이지만 살아 있는 생명이라 온기가 느껴졌다.

나는 분위기에 쉽게 젖어 드는 편이다. 어릴 때부터 잘 웃고, 혼자일 때 잘 우는 변덕스러운 아이였다. 사춘기로 접어들 무렵엔 항상 혼자라 생각하고 고독을 즐겼다. 엄마는 일하느라 거의 낮 동안은 집을 비웠고 언니들은 직장을 다니느라 객지 생활을 했다. 곁에 누군가 존재하지 않는 것에 서러웠고 우울했다. 뒹구는 낙엽만 봐도 눈물이 난다는 사춘기를 혹독하게 보냈다. 어쩌면 그때 혼자 즐겼던 시간이 작은 것에 행복함을 느낄 줄 아는 나로 키웠는지 모른다.

내 고독은 사치스러운 고독이었다. 혼자라고 느꼈지만 혼자가 아니었다. 몸은 비록 떨어져 생활하지만 언제나 내 편인 언니들이 있었다. 그녀들은 멀리서 내 모든 것들을 챙겼다. 기죽지 말라고 유행하는 옷이며 신발을 철마다 챙겨 주었다. 그래서 막내는 버릇이 없고 질투가 많다. 받는 데 익숙해서 당연하다 여긴다. 어쩌다 언니를 향해 등을 돌리고 자는 엄마가 야속해 혼자 울던 욕심쟁이 막내였다.

당연하게 느꼈던, 그래서 외로웠던 철부지 막내였던 나. 곁엔 언제나 엄마가 중심에 든든하게 버티고 있었다. 안에서 대접받고 살아야 밖에 나가서도 대접받는다고 했다. 우리에게 먹일 밥과 갈아입힐 옷은 이불 속에 데워 따뜻하게 먹이고 입혔다. 그 사랑의 깊이를 뒤늦게나마 알았기에 엄마가 된 나도 그것을 아이들에게 물려주려 노력하고 있다. 좋은 것보다 정성을 다하고 있다. 사랑받고 살아야 주는 방법도 아는 법이다.

곁에서 누군가가 챙겨 준다는 것, 마음으로 응원해주는 것이 얼마나 큰 행복인지 몰랐다. 내가 가장 잊고 싶었던 가난했던 그때, 마음 놓고 울 공간 하나 없어 울음조차 참아야 했던, 온통 회색이라 여겼던 시절의 나도 누군가의 부러움 대상이었다. 서른이 넘어 우연찮게 친구의 말을 들고 그 사실을 알았다. 그때서야 돌아봤다. 그리고 느꼈다. 항상 나를 지켜주던 사랑하는 내 편이 하나도 아닌 셋이나 있었다는 사실을.

깜박 잠이 들었나 보다. 옆에 있던 초롱이가 조용한 인기척에 놀라 깽 깽거리며 짖어댔다. 나도 화들짝 놀라 눈을 뜨고 멍하니 앉았다. 아들이 었다. 아들의 손에 하얀 약봉지가 들려 있었다. 아들이 부엌에서 달그락 거리며 분주하게 움직였다. 무엇을 하는지 모르지만 요란했다. 나는 일 어나려다 다시 누워버렸다.

"아이고, 울 엄마가 그리 좋아하던 밥을 마다하고 누워 있으니 많이 아 픈가 보네. 엄마가 이러고 있으니 온 집안이 활기를 잃은 기분입니다요. 어서 억지로라도 몇 술 뜨고 약 드셔요."

하며 간단하게 차린 밥상을 쑥 내밀었다. 지금껏 밥맛이 없다고 느낀 적이 없었다. 아무리 아파도 밥은 챙겨 먹는 편이다. 산후조리 때 하루에 미역국을 예닐곱 번씩 먹어 엄마조차 놀라게 한 장본인이다. 아들은 그 런 나만 봐 왔던 터라 널브러져 있는 내가 걱정되었나 보다. 겨우 몇 술 을 뜨고 약을 먹었다.

약 기운이 온몸으로 퍼져 한결 가뿐해졌다. 밖이 어스름이 몰려왔다. 남편이 귀가를 알렸다. 옷맵시를 정리하고 아무런 일 없었듯이 그를 맞을 준비를 했다. 내 편이 있어 다시 일어날 수 있었다. 그제야 아들도 힘이 나는 모양이다. 목소리가 좀 전과는 달라졌다.

"아이고, 우리 신 여사님. 이제 우리 엄마 같네. 엄마가 웃고 나오니 초롱이도 신났네, 신났어. 이제 아프지 마셔요."

아들이 초롱이와 살살거리며 웃었다.

무심코 그린 얼굴

나는 오랫동안 지독한 사랑에 빠져 있다. 버릴 수도 잊을 수도 없는 나 혼자만의 사랑이다. 많고 많은 사랑 중에 가장 아름다운 사랑은 혼자 하는 사랑이라고 한다. 누구의 눈치를 볼 필요가 없다. 혼자 그리워하고, 보고파하고, 혹시나 하는 기대에 설레기도 한다. 그 사람 때문에 기분이 좋아지기도 슬퍼지기도 한다. 떨어져 있는 거리만큼 그리움이 커진다면 내 그리움은 끝이 없다. 나는 그런 사랑을 이 세상에 태어나면서부터 하고 있다.

　해마다 내 생일인 오월이 되면 그 사랑은 아픔으로 다가온다. 따스한 눈빛도, 마주치는 미소도 본 적조차 없어 더 서글프다. 막장 드라마에서처럼 어느 날 내 앞에 노숙자의 모습으로라도 한 번 왔다 갔으면 좋겠다. 그가 너덜너덜 다가와 슬퍼하는 나를 다독이며 슬픈 미소라도 한 번 지어준다면 나는 함박 웃어주겠다. 나와 닮은 그를 한눈에 알아보고 낯선 그의 품에 안기어 한바탕 경중경중 뛰겠다.

　나는 유복자이다. 그래서 이름도 유복자에 윤달에 태어났다는 의미로 지었단다. 무엇이 그리 바빴는지 쉰이 채 되기도 전에 영원히 돌아올 수 없는 세상으로 가버렸다. 아직 추위가 가시지 않은 음력 2월에 당신의 묏자리를 손수 정리하고 만삭인 어머니와 어린 언니 둘을 두고 그렇게 무책임하게 떠났다. 그가 그렇게 아주 먼 길을 떠나고 두 달 만에 내가 이 세상에 왔다. 그때부터 나만의 사랑이 시작되었다.

언니와 나는 어머니를 따라 마을 어귀에 있는 밭에 종종 갔다. 어머니는 밭일하느라 바빴다. 밭 한구석 양지바른 곳에 아버지의 산소가 있었다. 산소의 잔디는 햇빛을 받아 누런 황금빛이 도는 비단 같았다. 산소 뒤엔 소나무가 병풍처럼 둘러싸여 있고, 입구에는 향나무 두 그루가 마주 보고 서 있었다. 우리는 늘어진 향나무 위에 올라가 그네 타듯 놀았다. 그곳이 우리의 놀이터였다.

우리는 산소 앞에 놓인 반듯한 돌에 걸터앉아 노래를 불렀다. '뜸북뜸북 뜸북새 논에서 울고… 하늘나라 가신 아빠는 소식도 없고…' 우리는 가사를 바꿔가며 불렀다. 놀다 지치면 그곳에 언니와 나란히 하늘을 보고 누웠다. 구름이 파란 화폭에 멋진 그림을 그리고 바람은 시원하게 콧등을 스치고 지나갔다. 눈이 감기고 꿈을 꾸었다.

꿈속에서 언니들이 어떤 중년 남자에게로 뛰어갔다. 나도 종종걸음으로 그들을 놓치지 않으려고 온 힘을 다해 따라갔다. 그의 얼굴은 햇살이 비쳐 흐릿하게 형태만 보였다. 아무리 까치발을 하고 보려 해도 얼굴은 보이지 않았다. 그와 언니들은 서로 머리를 맞대고 즐거워 보였다. 나도 언니들의 틈을 헤집고 들어갔다. 내가 가까이 가면 그 사람은 내가 다가간 만큼 멀어져 저만치에 서 있었다. 언니들은 그를 아버지라 불렀다.

지금도 가끔 같은 꿈을 꾼다. 누군가를 따라가다 보면 어느 순간 나 혼자다. 텅 빈 공간에 버려졌다는 두려움에 울다가 눈을 뜨고 한참을 멍하니 앉아 있기도 한다. 금방이라도 울음을 터뜨릴 것 같은 표정이다. 얼굴이 없는 아버지의 모습에 겁이 났다. 어쩌면 내가 그를 본 적이 없어 알아보지 못할 수도 있겠다. 울다 눈을 뜨면 거울 속에 혼이 반쯤 빠진 내가 있다. 꿈속의 두려움은 아직도 현실 속 먹먹함으로 남아 있다.

"아이고, 얄궂다. 니는 나이가 들수록 우째 그리 너거 아부지를 더 닮아 가노."하며 어머니는 흐릿한 눈으로 말한다. 그 소리에 관심이 없는 척하며 가끔 거울 속의 나를 관찰한다. 거울 속의 내 모습은 머리숱이 많으며 반달 모양의 눈썹에 푹 들어간 눈이 껌벅이고 있다. 약간 검은 피부에 양 볼엔 살이 없고 조금 긴 얼굴이다. 내 얼굴에 살을 붙이고 색을 입혀 아버지 모습을 그려 넣어본다.

'동그라미 그리려다 무심코 그린 얼굴, 내 마음 따라 피어나던 하얀 그대 꿈을… 동그랗게 동그랗게 맴돌다 가는 얼굴…' 노래를 흥얼거려본다. 절절히 가난했고, 너무나 갑작스런 죽음이라 그 흔한 사진 한 장 남기지 못했다. 그저 내 모습에서 그려내는 그의 얼굴이 전부다. 마음이 가는 대로 그리다 보면 슬픔에 찬 내 얼굴이 보여 눈물이 밀려오기 전에 얼른 지워버린다. 그리고 지우기를 반복하다 거울 속 나와 눈이 마주치면 서로 슬픈 웃음을 짓는다.

기력이 쇠약해진 어머니는 요즘 아버지가 꿈에 자주 보인단다. 그녀는 꿈속에서 아버지를 만나 두 손 꼭 잡고 유람을 다닌단다. 그러다 우리 대문 앞에서 헤어진다고 했다.

"여가 우리 유복자 집이다. 들어갔다 가소."

"내가 와 모르겠노. 다 안다. 무슨 염치로 여기를 들어가노. 어여 들어가소. 자네가 대신 그 아한테 고맙고 미안하다 전해주소."

하며 아버지는 고개를 떨군 채 힘없이 돌아선단다. 어머니의 그 말에

"영감 제이 알기는 뭘 아노. 내 얼굴도 모르면서. 그래도 염치는 있는 가베. 안 들어오는 것 보니까."

하며 나도 모르게 퉁퉁거렸다. 그 퉁퉁거림엔 아버지에 대한 그리움이 그대로 들어 있음을 어머니는 알고 있는지 말이 없다.

아버지가 돌아가셨을 때쯤의 나이가 되어서야 아버지가 그리워진다. 내 아이들이 크면서 아버지 자리의 무게를 문득문득 느낀다. 그 당연함을 느끼지 못한 나는 그가 밉도록 그립고 사무치게 어머니가 가엾다. '아버지, 염치가 있으면 당신 때문에 고생만 한 우리 엄마 가시는 날까지 안 아프게 해주소.' 나도 모르게 아버지를 의지한다. 원망이 크다는 것은 그만큼 그리움이 크다는 의미이다.

세월의 깊이가 더해질수록 무심코 그렸다 지우는 얼굴의 무게는 점점 가벼워지고 있다. 내 얼굴 너머로 그의 모습이 희미하게 보이다 사라진다.

낡은 앨범 속의 추억

잠 못 이루는 밤이다. 장마가 오는 둥 마는 둥 지나가고 본격적인 무더위가 시작되려나 보다. 열대야에 잠을 이루지 못하고 방이며 거실로 베개를 들고 똥 마려운 강아지처럼 서성거렸다. 더위를 별로 타지 않는 체질이라 독종이라 불렸었는데 이젠 그렇지 않다. 세월 탓일까? 내 나이가 인생의 가을쯤에 발을 내딛는 요즘에는 순식간에 열이 오르고, 또 순식간에 소름이 돋는다. 참 별난 일이다. 하지만 피해 갈 수 없는 일이면 즐기라고 했던가? 요즘 나는 내 가을을 마음껏 즐기려고 한다.

행여나 곤히 자는 식구들이 깰까 도둑고양이 마냥 살금살금 낡은 앨범 한 권을 꺼내 들고 이층 공부방으로 향했다. 바람 한 점 없는 도시의 밤하늘엔 하현달이 고개를 숙인 채 금정산 중턱을 바라보고 있다. 도시의 매미들은 밤낮을 잊은 듯하다. 7년이라는 세월을 기다려 맞이한 세상이니 얼마나 기쁠까? 저 기쁨이 7일밖에 되지 않는 것을 알까? 갑자기 매미의 밤낮 없는 울부짖는 소리가 고개 숙인 하현달과 함께 어딘지 모를 쓸쓸함으로 밀려들었다.

앨범을 한 장 한 장 넘겨보았다. 아이들의 어릴 적 추억이 고스란히 담겨 있었다. 한복을 곱게 차려입고 빨간 딸랑이 귀걸이를 한 예쁜 딸이 나를 보고 웃는다. 귀걸이 탓에 귀가 빨갛게 되어도 예쁘면 그 정도의 아픔은 참아내는 공주다. 지금은 서울이란 낯설고 물선 곳에서 자신의 꿈을 찾아 헤매는 어엿한 숙녀가 되어 있다. 꿈이 많고 항상 무엇인가를 하려고 매의 눈을 하고 있다. 내 젊은 시절을 보는 듯해 그저 한 곳만 바라보고 편안한 삶을 살아가라고, 삶의 선배로 딸에게 늘 얘기한다.

딸도 글쓰기를 좋아한다. 그래서 우리는 좋은 동무 사이다. 좋은 글이며 작가의 책을 추천해주기도 하고, 조언도 아끼지 않는 진정한 벗이다. 내가 좋은 분들을 만나 글쓰기의 쾌락에 빠져 갱년기를 쉽게 보낼 수 있도록 도와준 길잡이도 그녀다. 우리는 북 펜션이나 북 카페를 즐겨 찾는다. 동무끼리 서로 열심히 즐기며 배워서 문학이 있는 작은 북 카페를 열자고 뜻을 주고받는다. 언제나 "엄마, 중희 좀 챙겨." 하며 동생의 안전을 걱정하던 꼬꼬마가 내 둘도 없는 친구가 되었다.

이번엔 빡빡이 아기 동자가 나를 보고 침을 흘리며 미소 짓고 있다. 너무 순해서 한 번도 업고 집안일을 한 적이 없는 아들이다. 편안함에서 헤어 나올 생각조차 없었던 내 안일함에 아들의 뒤통수는 아주 가파른 절벽이다. 모자를 쓰면 손가락이 들어갈 정도다. 건강하게 잘 자라 대한의 아들로, 부름을 받고 친절한 군 생활에 감동하던 씩씩한 아들이었다. 심장에 이상이 오기 전까지는 그랬다. 몇 번의 심장이 멎는 경험을 한 후 아들은 적응하지 못하고 날개 꺾인 독수리가 되어버렸다.

죽음의 문 앞에 가 보지 못한 이들은 의지 탓으로만 돌렸다. 열 달을 배

속에서 키운 나도 그랬었다. 해줄 수 있는 것이 한 달에 한 번 얼굴 보여주고, 웃어주는 일밖에 없어 더 힘들었다. 아들을 통해 나는 더욱 성숙해졌고, 감사의 마음도, 성실하게 살아야 하는 이유도 알게 되었다. 내가 아들에게 가장 많이 들려주었던 말은 렌타 윌슨 스미스의 시구절인 '이 또한 지나가리라'였다. 그때까지만 해도 나 또한, 기쁨도 슬픔도 머무르지 않고 지나가는 것을 느끼지 못한 바보였다. 지금 한 공간에서 숨을 쉬고 있는 것만으로도 감사하다.

다시 앨범 속으로 추억 여행을 떠난다. 지금 아들의 모습과 딸의 모습이 엿보이는 조금은 촌스러운 남녀가 수줍게 웃고 있다. 스물네 살, 미래에 대한 꿈에 부풀어 있던 우리 모습이다. 다정하게 손을 잡고 꽃구경을 하러 간 모양이다. 처음으로 친구들과 쌍쌍으로 갔을 때 사진이다. 경주를 거쳐 포항 보경사에 갔다. 아직 어색한 사이였던 친구들의 짝들이어서 사진에도 그 어색함이 보였다. 몇 시간 동안 버스를 타고 도착했던 곳. 우리는 그곳에서 더 멋진 20대를 보내며, 서로 사랑하겠노라 다짐했었다.

세 쌍 중에 두 쌍이 결혼했으니 그 다짐은 이루어진 셈이다. 찰랑거리는 장발의 젊은이는 이제 머리숱을 걱정하는 중년의 아저씨가 되었고, 애교머리로 한껏 멋을 낸 촌티 흐르던 아가씨는 두 아이의 엄마가 되어 잔소리꾼에다 허리만 살이 찐다며 투덜거리는 후덕한 아줌마가 되어 있다. 추억은 타임머신을 타고 떠나는 멋진 여행길이다. 무더위에 쫓겨 떠난 한여름 밤의 추억 여행 덕에 열이 내렸다. 요란하던 매미들의 울음소리는 노랫소리로 변했다.

내가 두 아이의 엄마가 되어서도 엄마의 품은 여전히 따뜻하다.

그녀가 없으면 안 될 것 같았던 시절.

나에게 큰 기둥이던 당신이 이제 나에게 기대어 살아가고 있다.

내가 당신에게 느꼈던 따스함과 포근함을

당신도 나에게서 느끼고 사셨으면 하는 바람이다.

나 또한 그런 엄마가 되기를 기원한다.

24

은가락지

마음이 뒤숭숭하다. 봄이 따스한 햇볕을 앞세워 마당을 기웃거린다. 죽은 듯 조용하던 화분에 새싹들이 조심스레 고개를 내민다. 겨우내 닫아두었던 창문을 열어 환기를 시켰다. 햇살이 옅은 이른 봄, 바람은 아직 차갑다. 라디오를 들으며 내 보물 함을 뒤지며 이것저것 만지작거렸다. 보물 함이라기에 보잘것없이 작고 초라한 지갑이다. 기분 전환용으로 가끔 펼쳐 보곤 한다.

결혼 예물로 받은 쌍가락지와 목걸이, 화려한 색의 큐빅이 박혀 있는 요란한 귀걸이와 반지가 들어 있다. 쌍가락지를 끼워봤다. 세월의 흐름만큼 겨우 비집고 들어갔다. 막혀버린 귀도 살살 달래어 귀걸이도 껴봤다. 거울 앞에 선 내 모습이 어색했다. 수줍어하던 볼그레한 새 각시의 모습은 어디로 가버리고 염색 머리가 잘 어울리는 중년의 여자가 서 있었다. 내 모습을 숨기려 지갑을 닫으려 할 때 옆에 까맣게 변해버린 낯선 반지 하나가 눈에 들어왔다.

용무늬가 그려진 은가락지다. 까마득하게 잊고 있었던 정말 소중한 보물이다. 시어머니가 남긴 유일한 유품이다. 잊고 있었던 만큼 방치되어 있었던 그것은 그리움에 까맣게 변해 있었다. 얼른 치약을 묻혀 깨끗이 씻었다. 뽀얗게 얼굴을 내민 용 한 마리가 나를 보고 웃는 것 같았다. 건강을 기원하는 의미로 용이 새겨진 반지가 유행한 적이 있었다. 딸이 엄

마의 건강을 빌며 끼워 준 반지를 꼬깃꼬깃 휴지에 말아 두었다 내 손에

쥐여 준 것이다.

난 시어머니를 두세 번 본 것이 전부다. 참 인자한 얼굴이었다. 기가

없고 말없이 지긋이 웃는 것이 유일한 소통 방법이던 분이었다. 딸 다섯

을 낳고 시집살이를 견디지 못하고 친정 곳으로 도망치듯 왔단다. 받은

재산이고 뭐고 간에 도저히 견딜 수 없어 그대로 두고서. 마음이 안정되

어 그랬을까? 그곳에서 아들 하나를 낳았다. 그렇게 귀한 아들을 낳고

또 딸 하나를 더 낳아 딸 여섯, 아들 하나를 두었다. 아들을 바라보는 그

분의 눈엔 말로 다 할 수 없는 사랑이 묻어났다.

시어머니는 나를 예뻐했다. 대학 졸업식 때 처음 인사를 드렸다. 그땐

혼자가 아니라 어울려 다니던 친구들과 함께였다. 곱게 한복을 입고 웃

고만 계셨다. 당신이 가장 아끼고 사랑하는 아들 친구들이라 좋아하셨

다. 우리가 친구에서 연인이 된 후 어머님의 생신에 정식으로 인사를 갔

다. 귀한 사람 초대에 시골집이 누추하다며 경주 시내 넷째 누나 집에서

만났다. 미소 띤 얼굴로 내가 약해 보였는지 많이 먹으라며 챙겨주셨다.

그해 봄, 어머님은 뇌출혈로 병원 신세를 지게 되었다. 평소 내색을 하

지 않는 성격이라 삼키기만 했던 모든 화가 고개를 들었던 모양이다. 아

기가 되어버린 모습을 뵌 것이 마지막이었다. 우유에 딸기를 절여 먹여

드렸다. 뽀드득뽀드득 씹어 드시던 모습이 많은 세월이 흘러도 생각난다. 힘없이 떨리는 손으로 내 손을 꼭 잡고 무어라 말씀하셨다. 알아듣지는 못했지만 당신의 아들과 나를 번갈아 가며 보던 눈길의 의미는 짐작할 수 있었다.

당신 아들 잘 챙겨주라는 눈길이다. 나도 눈으로 답했다. 걱정하지 마시라고, 싸우는 일 없이 잘 살겠다고. 난 지금도 가끔 그때의 일이 생각나면 남편이 안쓰럽다. 나도 엄마가 전부였듯이 남편도 엄마가 전부였지 않았을까? 그래서 참아준다. 미워서 목소리도 듣기 싫을 때도 있지만 숨한번 크게 내쉬고 그 속으로 날려 보낸다. 그분과 우리 엄마의 마지막 부탁이 그에게 잘해주길 원했기에 그렇게 흘려보낸다. 그러면 오히려 편하다.

그날이 마지막이 되었다. 당신도 느꼈는지 나오려는 나를 잡아 세우고 가방을 찾았다. 떨리는 손으로 가방 깊숙하게 숨겨둔 무엇인가 끄집어냈다. 휴지에 돌돌 말아 둘 만큼 귀한 것이었나 보다. 내 손에 꼭 쥐어주었다. 참 따뜻했다. 큰 용이 꿈틀거리는 은가락지였다. 하나뿐인 며느리 될 사람에게 줄 것이 이것뿐이라며 눈물을 훔치셨다. 많이 못 해줘서 미안하다고 힘겹게 입술만 움직이며 표현하셨다. 나도 당신의 아들도 울었다.

어머님은 지금도 친정 곳에 계신다. 죽어서도 시가 곳은 싫다고 유언하셨단다. 반면 아버님은 죽어서라도 고향에 간다는 바람에 결국 따로 계신다. 추석 때면 사촌들이 모여 벌초를 한다. 아마 아버님은 조카들의 방문에 부인도 잊은 채 웃고 있을 것이라며 우리는 가끔 우스갯소리를 한다. 어머님은 우리뿐이다. 그래도 누구보다 반갑고 어머니에겐 남편만 한 선물은 없을 것이다.

색 바랜 은가락지. 땅에 버려져 있어도 줍지 않을 볼품없는 물건이다. 보석 중에 돈으로 매길 수 없는 가치를 가진 것이 많다. 사랑이 그중 으뜸이지 싶다. 가치를 따질 수 없는 모든 것. 그것들이 진정한 보석이 아닐까? 몸에 가지고 있으면 색으로 건강을 체크해준다는 은. '건강한 외며느리 없다'는 옛말이 있듯 약해 보이는 예비 며느리를 걱정하는 마음에 당신이 가장 소중하게 여겼던 물건을 남겨주었다.

퇴근한 남편에게 그것을 보여주었다. 눈시울이 붉어지는 것 같았다. 강산이 몇 번이 바뀌고 우리 나이가 그때 어머님 나이가 되어도 그리운 건 매한가지다. 내 손가락에는 맞지 않아 낄 수는 없다. 내가 가장 소중하게 여기는 예물로 받은 쌍가락지와 어머님의 은가락지를 목걸이에 걸어 내 며느리에게 대물림하려 한다. 앙증맞은 녀석의 돌 반지도 얹어 주어야겠다.

나이만큼만 먹어야 돼

동짓날이란다. 텔레비전을 보고서야 알았다. 그냥 넘기자니 엄마가 섭섭해할 것 같고, 끓이려니 귀찮다. 먹을 사람이 엄마와 나뿐인 점도 있지만 무엇보다 손이 많이 가는 음식이라 섣불리 덤비기가 까마득했다. 겨울비가 촉촉이 내리니 더 꼼짝하기 싫어 이불을 뒤집어쓰고 뒤척였다. 휴대폰으로 이곳저곳만 기웃거리며 망설이고 있었다. 난 먹지 않아도 그만인데 엄마가 걸려 마음 한편이 무거웠다.

어른을 모시고 사는 대부분의 사람에게 공통점이 있다. '올해가 마지막이 되려나.' 하는 생각이 들어 무엇이든 하게 된다. 엄마는 팔순이 지나서부터 구 년째 아침밥을 드실 때마다 "아이고, 이번 설만 지내고 따뜻한 봄이 되면 가야 할 건데." 하신다. 처음에는 이런 소리를 듣고 몸이 조금만 아파도 걱정이 되고 불안하기 짝이 없었다. 지금은 몇 년을 듣다 보니 조금씩 무뎌져 간다. 이별에 적응되어 가는 것인지도 모르겠다.

내 두 마음이 결투를 벌이는 모양이다. 이리 쿵 저리 쿵 혼란스럽다. 한 마음은 '야, 엄마가 살아 봐야 얼마나 살겠냐. 팥죽 한 그릇 끓여 드려.' 하며 날 재촉했다. '에고, 맞다. 잠시 나갔다 오자.' 대충 옷을 챙겨 입고 나서려 했다. '야, 힘들게 끓여도 기껏 한 그릇 드시고 말 것을 뭐 하러 끓이나? 그냥 한 그릇 사다 드리고 말지.' 다른 마음이 귀찮아하는 날 부추기며 막아섰다.

다시 리모컨을 들고 텔레비전을 켰다. 그렇게 마음속의 싸움이 벌어지는 동안 멍한 얼굴로 오도카니 앉아 있었다. 싸움이 끝났는지 편안한 마음이 들었다. 손가락으로 머리를 대충 쓸어 넘기고 집을 나섰다. 팥죽 한 그릇 끓여 드리는 것이 마음 편할 것 같았다. 몇 해 전부터 끓이기 시작한 팥죽인데 앞으로 몇 번이나 더 끓이겠나 싶은 생각이 뭉클거리고 올라왔다. 동짓날 바람이 제법 찼다.

새알은 만들어진 것으로 준비했다. 어린 시절 둥근 상에 둘러앉아 빚은 새알과는 차이가 있다. 크기와 모양이 일정하다. 우리가 만든 것들은 모양도 크기도 어린 우리의 손 크기와 닮아 있었다. 엄마는 한 번에 새알을 두세 개씩 만들었다. 따라 하려고 해도 되지 않았다. 작은 손바닥에 올려놓은 서너 개의 반죽 덩어리는 한 덩어리가 되기 일쑤였다.

손이 많으니 하얀 새알이 금세 상을 가득 채웠다. 부자가 된 기분이 들었다. 엄마는 붉은 팥물이 푸드덕거리며 끓어오를 때를 맞춰 새알을 붙지 않게 골고루 퍼 넣었다. 덜 마른 장작에서 피어나는 연기에 눈이 매워도 신이 난 우리는 그 주변을 떠나지 않았다. 새알 몇 개를 눌러 숯불에 구워 주기도 했다. 팥죽보다 그 고소함을 기다렸는지도 모르겠다.

"새알은 나이만큼만 먹어야 한데이. 안 그라믄 자고 일어나서 보면 늙은 할매가 되 삘데이."

엄마가 심각한 얼굴로 우리에게 말했다. 한 번 먹을 때 절대로 많이 먹으면 안 된다면서도 그릇은 언제나 가득했다. 행여나 하는 조바심에 하나하나 헤아려가며 먹는 팥죽은 나를 안달 나게 했다. 몇 개밖에 먹지 못하는 억울한 마음에 울먹인 적도 있다. 빨리 크고 싶어 몰래 몇 알 더 먹은 밤은 혹시나 아침에 눈을 뜨면 정말 늙어 버릴까 봐 두렵고 무서워 걱정으로 지새운 적도 있다.

꽁꽁 얼어 있는 새알의 쫀득하고 고소한 맛은 지금도 가끔 생각난다. 긴 겨울날 봉창 아래 내놓은 팥죽 속의 새알을 엄마 몰래 파먹으면 팥의 달콤함과 새알의 고소함이 뒤엉켜 입안 전체에 퍼졌다. 음식에는 향수와 추억이 묻어 있다. 음식은 추억으로 먹는다. 옛 생각에 다시 찾는 음식은 그때의 맛이 없다. 입맛이 변한 것인지 모르지만 그때 같이 먹었던 사람이 없어 더 그렇다.

그리운 맛은 추억을 끄집어낸다. 일렁이는 추억에 그 맛과 그날의 행동을 잊지 못하고 어린 시절 동지를 기억한다. 동지를 흔히 '작은 설'이라 한다. 태양의 부활을 뜻하는 큰 의미를 지니고 있어 설 다음가는 대접을 받는다. 절에서는 이날 팥죽을 끓여 서로 나누어 먹으며 서로의 건강을 빌어준다. 일 년 중 동짓날 밤이 가장 길다. 이날만 지나면 밤은 차츰 짧아지고 따뜻해진다. 봄이 오고 있는 것이다.

봄은 새해의 시작이다. 그래서 팥죽을 먹어야 진정 한 살 더 먹는다고 했다. "이 긴 밤을 우째 또 보낼꼬." 하던 엄마의 한숨도 차츰 줄어들지 않을까? 팥죽이 제법 모양을 갖췄다. 엄마가 끓여주던 것과 모양새가 제법 그럴싸하게 닮았다. 하지만 엄마의 맛은 따라가지 못한다. 김이 모락모락 피어오르는 죽을 보기 좋게 한 그릇 담았다. 모든 것에 어울리는 궁합이 있듯 팥죽에는 시원한 동치미 국물이 잘 어울린다. 살얼음이 동동 뜬 것은 아니지만 옛날 엄마가 주시던 그 모양으로 최대한 구색을 갖췄다.

"엄마, 오늘 동지라네. 맛은 어떨지 모르겠네. 따뜻할 때 드셔보셔. 엄마 나이만큼 먹어야 하는데 울 엄마 오늘 배 좀 부르겠는데."

"인자 팥죽은 그만 물란다. 안 그래도 많은 나이 또 한 살 억지로 무면 우짜노. 아이고, 인자 나이 더 안 물라 했더만 우리 막내 성의를 봐서라도 한 숟가락만 무보까?"

잠시 머뭇거리는가 싶더니 나이만큼은 먹을 수가 없다고 너스레를 떨며 웃었다. 틀니를 빼고 아래턱을 부지런히 움직여가며 한 그릇을 비웠다. 홀쭉한 입을 닦으며 막내 덕에 배불리 먹어 긴 동짓날 밤 잘 잘 것 같다며 연신 고마워했다.

끓이길 잘한 것 같다. 귀찮아했던 내 마음이 엄마가 비운 팥죽 그릇만

큼 가벼워졌다. 웃는 엄마 얼굴만큼 기쁨도 가득하다. 차츰 봄이 우리 곁

으로 다가오고 있다. 붉은 팥죽 한 그릇에 엄마의 건강을 기원한다.

26

그림자만 보여도 좋다

비가 억수 같이 내렸다. 우리 집은 한 지붕 아래 세 가구가 살았다. 그중에 우리 집은 가운데 방이었다. 부엌문은 은빛이 나는 철로 된 미닫이 문이었다. 엄마는 일하러 가고 언니들은 어딜 갔는지 혼자였다. 우르르 쾅쾅! 땅이 흔들리고 부엌문은 삐거덕삐거덕 요란스레 소리를 냈다. 집 뒤 목욕탕 굴뚝의 피뢰침이 윙윙거렸다. '우리 집은 저 피뢰침 때문에 벼락 맞지 않아. 괜찮아.' 아무리 이불을 뒤집어쓰고 중얼거려보아도 두려움은 가시지 않았다.

엄마가 일하는 곳으로 가기로 했다. 엄마가 일하는 곳은 버스로 10여 분은 족히 가야 했다. 오로지 이곳만 벗어나면 된다는 생각뿐, 거리는 무의미했다. 우산의 뾰족한 쇠붙이에 벼락을 맞을 수도 있다는 엄마의 말 탓에 우산도 없이 무작정 나섰다. 차가 쌩쌩 내달리는 길을 하염없이 걸었다. 차가 웅덩이를 지날 때면 흙탕물까지 튀겼지만, 목적지는 오로지 엄마의 곁이었다. 눈물인지 빗물인지 뜨거운 것과 차가운 것이 차례로 볼을 타고 내렸다.

얼마를 갔을까 정신을 차리고 무심코 발을 내려다보았다. 샌들의 고리가 하얀빛을 내며 반짝였다. 아차차, 얼른 신발을 벗어들었다. 양손에 한 켤레씩 쇠로 된 부분을 꽉 감쌌다. 벼락에 맞으면 이대로 엄마 얼굴도 보지 못할 것 같아 손이 아프도록 쥐었다. 길가의 작은 돌들이 발을 가만히 두지 않았지만 참을 만했다. 갓 꼬리가 나온 새끼 개구리들이 무리 지어 나와 나를 힐끔거리며 지나가기도 했다.

저만치 엄마가 일하는 공사장이 보였다. 엄마는 그곳에서 밥이며 설거 지며 허드렛일을 했다. 다리만 건너면 된다. 불어난 물이 다리를 삼켜버 릴 듯이 콸콸거렸다. 순간 무섭고 어지럽고 다리에 힘이 풀렸다. 계곡을 하나 사이로 왔다 갔다 하는 엄마 모습이 보였다. 힘껏 엄마를 불러도 물 소리에 휩쓸려 떠내려가 버렸다. 공사장이 내려다보이는 길 위에서 한참 을 서서 그들의 움직임을 지켜보았다. 그사이 비도 그쳤다.

그때야 바쁜 한철이 지나간 평화로운 들판이 눈에 들어왔다. 모내기가 끝난 들엔 제법 뿌리 내린 벼들이 짙은 초록색을 띠며, 불어난 물 위로 고개를 내민 채 하늘거렸다. 이름 모를 들꽃도 비에 젖어 무겁게 고개를 숙이고 있었다. 내 모습 같았다. 무거워 보이는 들꽃을 살며시 건드려 보 았다. 들꽃이 푹 숙이고 있던 고개를 흔들자 빗물이 사방으로 튀겼다. 물 기를 머금은 풀꽃은 더욱 선명했다.

엄마는 여전히 큰 쟁반을 받쳐 들고 바빠 보였다. 양팔을 크게 흔들며 껑충껑충 뛰었다. 순간 그녀가 고개를 들고 내가 서 있는 곳을 보는 듯했 다. 마치 무인도에서 구조선을 기다리듯 신호를 보내며 소리를 쳤다. 그 녀는 주변 사람들에게 무엇인가 말하며 나를 향해 한참을 서 있었다. 나를 본 것이었다. 들고 있던 쟁반을 그 자리에 두고 다리가 있는 쪽으로 뛰기 시작했다. 나도 오던 길로 다시 뛰었다. 계곡을 사이에 두고 서로 바라보며 달렸다.

금방이라도 삼킬 듯 용트림 치던 물도 다리를 조금씩 놓아주었다. 목까지 차오르는 숨을 몰아쉬며 그녀가 뛰어오고 있었다. 갑자기 눈물이 났다. 달려가 그녀 품에 안겼다. 쿵쾅쿵쾅 가슴은 뛰었고, 나를 안은 손도 떨렸다. 우린 한참을 그렇게 서로를 느꼈다.

"아이고, 내 새끼. 비가 이렇게 많이 오는데, 우예 왔노."

"천둥이 하도 쳐서 무서워서, 엄마한테 올라꼬, 여기까지 걸어왔다 아이가."

나는 코맹맹이 소리를 하며 엄마 품에 안겼다.

"우리 강아지 발은 또 와 이렇노? 신은 와 들고 있노?"

"여어 쇳덩어리에 벼락 맞을까 봐…."

그때야 엄마의 얼굴에 미소가 번졌다. 나는 신발을 챙겨 신고 그녀의 손을 잡았다. 얼마나 애타게 그리던 손인지. 따뜻하고 세상의 모든 어려움도 잊게 해주는 엄마의 온기였다. 모든 것은 이미 잊은 채 촐랑대며 앞으로 나서 노래까지 흥얼거렸다. 깡깡이 발이 절로 나왔다.

장마철이 다가오면, 그때의 일들이 슬그머니 고개를 든다. 입가에 미소가 번진다. 아찔하기도 하다. 참 어리석기도 했다. 내가 두 아이의 엄마가 되어서도 엄마의 품은 여전히 따뜻하다. 그녀가 없으면 안 될 것 같았던 시절, 나에게 큰 기둥이던 당신이 이제 나에게 기대어 살아가고 있다. 내가 당신에게 느꼈던 따스함과 포근함을 당신도 나에게서 느끼고 사셨으면 하는 바람이다. 나 또한 그런 엄마가 되기를 기원한다.

　장마가 시작하려나 보다. 제주도를 기점으로 비가 시작하더니 부산에도 제법 비가 내린다. 바람이 화단에 자리하고 있는 비파나무의 잎을 세차게 흔들어댄다. 쫘르르 쫘르르 비와 바람이 힘을 모아 세상을 흔들고 있다. 비좁게 열린 창문 사이로 불어오는 바람 또한 시원하다. 멍하니 앉아 흔들리는 세상을 구경한다. 이 사나운 빗소리가 초등학교 4학년이던 어린 나를 깨운다.

27

요강을 비우다

지난밤 꿈자리가 뒤숭숭했다. 아침에 눈을 뜨고 천장을 멍하니 바라보고 누운 채 한참을 있었다. 가끔 그럴 때가 있다. 꿈과 현실이 구분되지 않는 아침이었다. 밤에 벽을 타고 새어 나오는 엄마의 신음을 듣고 잠이 든 탓인지 모르겠다. 휴대폰의 알람이 경쾌한 소리를 내며 멍한 나를 현실로 끌고 나왔다. 아직 창밖은 어둠이 가시지 않고 으슴푸레하게 깨어 있었다.

남편을 출근시키고 집을 나섰다. 마음이 울적하면 찾아가는 곳이 있다. 한옥으로 된 찻집이다. 잔잔하게 흐르는 음악 소리는 혼자 멍하게 앉아 아무 생각 없이 시간을 보내기에 좋은 벗이 되어 준다. 대문을 열고 들어가면 항아리들이 즐비하고, 그 옆엔 절구와 맷돌들이 줄지어 있다. 현관 입구에는 아무렇게나 장식된 둥글고 펑퍼짐한 요강들이 눈에 들어온다.

요강을 보면 마음이 편해진다. 내가 어릴 적 요강은 생활필수품이었다. 언제나 머리맡이나 발치에서 무섭고 추운 밤을 지켜주었다. 50대 이상의 사람들은 겨울밤 요강의 찬 맛을 알 것이다. 도자기 요강에서 스테인리스 요강으로 바뀌면서 그 차가움은 어마했다. 온몸에 돋는 소름은 잠이 들깬 희미한 정신을 들게 할 정도였다. 나는 오줌이 마려워 잠에서 깨면 끝까지 참았다. 누군가 먼저 요강에 앉기를 기다렸다. 그는 언제나 엄마였다. 슬그머니 일어나 옷을 입은 채로 잠시 요강에 앉았다가 부엌으로 가곤 했다.

그런 엄마의 행동을 이해하지 못했다.

"엄마, 엄마는 왜 옷을 입고 쉬를 해?"

정말 궁금했다.

"엄마가 그랬나? 잠이 덜 깨서 그랬구마는. 쉬도 안 마려운데. 너거 엄마도 참 얄궂다. 그자."

하며 웃어넘기곤 했다. 잠결에 앉을 자식들이 행여나 차가울까 미리 데워 두었는지도 모른다. 그것이 엄마의 마음인 것을 내가 엄마가 되어서야 알았다.

초등학교 시절이었다. 언니랑 서로 요강 비우기를 미루다 엄마를 화나게 한 적이 있었다. 우리에게 머리 위로 요강을 들고 벽에 붙어 서게 했다. 언니는 요강을 들고 나는 그릇을 들었던 것 같다. 요강 뚜껑이 언니의 움직임을 고스란히 알려주었다. '철철철' 뚜껑의 흔들림이 리듬을 탔다. 서로 쳐다보며 눈싸움을 하다 순간 웃음보가 터져버렸다. 우리의 그런 모습에 그녀는 슬그머니 밖으로 나가버렸다.

그날따라 비는 어찌나 오던지. 엄마의 동태를 살피고 요강을 얼른 비우고 장롱 속으로 숨어들었다. 그 속에서 잠이 들었고, 한참을 그렇게 있었나 보다.

"아이고, 야들이 어디 갔노, 비는 이리 마이 와 쌌는데. 신발도 안 신고 나갔는가베."

우리를 찾는 다급한 소리가 어렴풋하게 들렸다. 비몽사몽간에 살며시 문을 열고 나갔다. 어둠이 깔려 있었다. 우리는 눈이 마주쳤다. 그녀는 우산을 내팽개친 채 허우적거리며 달려와 우리를 꼭 안아주었다. 숨이 막혔지만 따뜻했다. 엄마의 가슴은 크게 뛰었다.

요강은 우리네 어머니의 마음을 닮았다. 펑퍼짐한 외모도 넓은 마음도 비슷하다. 화장실이 무서워 가지 못하는 아이들의 배설물을 말없이 받아 주었다. 때론 술주정이 아버지들의 화풀이 상대가 되어 집어 던져지기도 하고 잠결에 발을 헛디뎌 차여도 말이 없었다. 모든 것을 묵묵히 참아내는 펑퍼짐한 몸매에 볼품은 없어도 없으면 안 되는 소중한 물건이었다. 우리네 어머니들처럼 그렇게 항상 말없이 우리 곁에 있었다.

결혼할 때 혼수로도 준비했다. 요강 속엔 찹쌀과 붉은 팥을 소복이 넣어 신접살림으로 보내기도 했다. 찹쌀은 먹을 것이 부족하던 시절 풍요로움을, 붉은 팥은 나쁜 악귀를 쫓아낸다는 뜻이란다. 시집간 자식이 먹는 것 걱정하지 말고, 건강하고 행복하게 잘 살라는 부모의 마음을 담아 보냈다.

생김새에도 부모의 마음이 들어 있다. 동글납작한 하얀색 도자기에 파란색의 목단꽃들이 큼직하게 그려져 있고, 나비가 그 꽃에 앉아 나풀거리는 그림이 그려져 있다. 목단꽃은 부귀와 영화를 누리며 화려하게 살라는 의미였는지 모른다. 꽃을 찾는 나비는 부부간에 싸우지 말고 서로 사랑하며 살아가길 바라는 부모의 바람이다.

지금은 요강을 보기가 쉽지 않다. 있어도 용도가 다르다. 화장실이 집 안으로 들어오면서 우리에게 더 이상 필요하지 않은 물건이 되어버렸다. 우리 집 요강은 아직 바쁘다. 어린 시절 우리의 머리맡을 지켜주던 요강은 지금 거동이 불편하신 엄마의 필수품이 되었다. 그녀가 우리에게 해 주었던 것처럼 눈치채지 못하게 차가운 요강을 데워 드린 적은 없다. 그것이 난 아직 엄마의 자식이고, 아무리 거동이 불편해도 그녀는 엄마라서 그런지 모르겠다. 나는 오늘도 엄마의 방문 앞을 지키고 있는 요강을 비우고 수세미로 광을 낸다.

28

틀을 깨다

현관 입구를 정리했다. 우리 집에서 유일하게 매일 정리하는 곳이다. 신발을 가지런하게 두지 않으면 온종일 어수선하고 뒤숭숭하다. 우리 집 식구들은 무엇이 바쁜지 신발을 아무렇게나 벗어 던지고 들어온다. 아무리 잔소리해도 소용이 없다. 누군가 집을 방문할 때 가장 먼저 접하는 곳이라 더욱 신경이 쓰인다. 어디든 입구가 깨끗하면 복이 온다는 말도 있으니 복도 받고 내가 다른 곳을 조금 덜 치워도 슬쩍 묻어가려는 얄팍함이 숨어 있다.

뭘 그렇게 깔끔떠냐고 한다면 부끄럽다. 사실 다른 곳은 그냥 대충 해 둔다. 친정 엄마 집에 가면 싱크대며 가스레인지 밑에도 윤이 났다. 이층 계단도 주저앉아 일일이 솔로 씻었다. 허리가 아파 바로 서지도 못하면서 그렇게 유난을 떨었다. 나는 그 정도는 아니었지만 비눗물이 남아 있을 것 같아 세탁기를 거의 사용하지 않았다. 어느 날부턴가 손목에 무리가 오고 아프기 시작했다. 그 이후로 먼지도 같이 살아야 면역이 생긴다는 핑계를 대며 대충 산다.

버릇은 쉽게 고쳐지지 않는다. 어수선한 것들이 눈에 거슬려 처음 눈 감아주는 일이 힘들었다. 한번 눈 감아 버렸더니 다음은 쉬웠다. 하지만 현관 청소는 아직 고칠 생각이 없다. 현관은 그 집의 거울이라 했다. 도둑이 그 집 안에 들어서서 신발 정리 상태를 보면 대략 감을 잡을 수 있단다. 신발이 가지런히 정리정돈 된 집은 들킬 확률이 매우 높고, 반대로 아무렇게나 놓여 있는 집은 식구들의 정신 상태가 흐트러져 있어 마음 놓고 도둑질한단다. 그 까닭에 이곳만은 깔끔을 떤다.

내 그 까다로운 버릇에 아이들과 참 많이도 싸웠다. 정리된 공간에서 놀아야 정서적으로 좋다고 여겼다. 장난감을 가지고 마음껏 놀 수 있게 기다려 주기는커녕 옆에서 잔소리하며 정리하기 일쑤였다. 유치원생이던 딸아이가 블록 조각을 통 속에서 어렵게 찾느라 짜증을 냈다. 난 별생각 없이 블록을 바닥에 부었다. 이러면 쉽게 찾을 일을 왜 그렇게 어렵게 하냐며 윽박질렀다. 순간 아이가 발을 굴리며 울음을 터뜨렸다. 황당했다.

"엄마가 엎질렀으니 엄마가 치워. 내가 안 그랬으니까 난 몰라."

뒤통수를 심하게 한 대 얻어맞은 기분이었다.

내 방법이 잘못된 것을 그때서야 알았다. 어지럽히지 말고 정리하며 놀게 한 것이 아이들에겐 스트레스로 남아 있었던 모양이다. 정리한답시고 책상 위에 보이는 종잇조각을 버렸다가 준비물 적어둔 것 잊어버렸다며 원망을 듣기도 했다. 중요한 부분이라 한 번 더 보려는 나름의 생각으로 펼쳐둔 책을 정리했다가 엄마가 다 망쳤다며 쓴소리를 들은 적도 한두 번이 아니다. 엄마만 생각이 있는 것이 아니라 자신들도 생각이라는 것이 있다며 대들기도 했다.

나를 바꾸려 노력했다. '독서 치료사'와 '자녀와의 대화법'이라는 강의도 들었다. 무조건 '그렇구나.', '그렇게 생각했구나.'로 아이들 눈높이에서 말을 들어주란다. 강사가 예로 들어준 이야기는 모두 내 이야기 같아 얼굴이 달아올랐다. '안 돼. 하지 마. 네가 그렇지 뭐. 그럴 줄 알았다.'는 말은 대부분의 부모가 가장 많이 들어왔고, 또 아이들에게 대물림하는 말이다. 강사는 강의를 들은 엄마들만이라도 그러지 말 것을 신신당부하며 충격적인 이야기를 들려주었다.

자녀를 아주 사랑하는 부모님이 있었어요. 그 어머니는 자식을 위해 좋은 직장도 그만두고 아이에게 올인을 했죠. 아이가 공부할 동안 옆에서 뜨개질을 하고, 시간별로 간식도 챙기고. 그런데 우연찮게 아이가 친구랑 통화하는 것을 들었대요.

"아이씨, 우리 집 마귀 오늘도 내 옆에서 딱 붙어 꼼작도 않는다. 지금 내 간식 챙기러 갔는데, 지가 기숙사 사감도 아니고. 내가 미치겠다."

그 어머니는 울며 바로 뛰어나갔다나요. 그러니 아이들한테 목숨 걸어 봤자 마귀할멈밖에 안 돼요. 그러지 마세요. 또, 이 교육 끝난 엄마보고 초등학생 아들이 뭐라 했는지 아세요?

"엄마, 그럼 나 이제부터 또 혼나는 거야?" 했대요.

생각이 널뛰듯 들쑥날쑥한 아이들은 창의력이 좋다고 어느 아동학자가 말했다. 정리 정돈을 잘하는 아이는 오히려 창의력이 부족하단다. 짜인 틀에 있는 것만 보아서 그런가 싶다. 대부분의 예술가나 과학자들은 엉뚱했다. 그 엉뚱함을 그들의 부모는 모험심이라 칭찬하고 위로해주었다. 난 그렇게 하지 못했다. 내가 느껴보지 못했듯 내 시야는 좁고 단순했다.

이미 굳어버린 틀을 어떻게 깰까. 다시 돌아갈 수는 없지만 노력 중이다. 올해도 이제 겨우 한 달 남았다. 새로운 해가 오면 완전한 탈피는 어렵겠지만 기대는 해본다. 다행한 것은 아이들이 내 습관을 배우지 않은 것 같아 마음이 놓인다. 요즘엔 그냥 내버려두는 내 모습에 아이들 좀 잘 가르치라고 남편이 잔소리다. 난 믿는다. 본 것이 있으니 할 때 되면 할 것이다.

정해진 정도는 없다. 꼭 이 길로만 가야 하는 법은 더더욱 없다. 내가 싫어 버리려는 것도 남에겐 좋아 보일 수 있다. 요즘 내가 가장 많이 사용하는 단어는 '내 편한 대로 살자'이다. 아무도 날 관심 두고 쳐다보지 않는다. 남들이 관심을 두지도 않는 일에 신경을 쓰고, 혼자 주눅 드는 일은 하지 않기로 마음먹었다. 그와 나는 다를 뿐이지 누가 틀린 것은 아니다.

남편이 아무렇게나 벗어 놓은 신발을 가지런히 챙긴다. 온종일 가족을 위해 일하느라 지친 그를 묵묵히 받들고 안전하게 귀가시켜줘서 고맙다 속삭여준다. 남편은 내가 보고 싶어 급한 마음에 내팽개치고 달려온다며 너스레를 떠는 사람이다. 뭐, 나를 사랑한 나머지 신발에 신경 쓸 겨를이 없다니 봐준다. 나도 갇혀 있던 틀에서 깨어 나와 그의 사랑만큼 편안하게 두려 한다.

말하지 않아도 알아요

사월 초파일이다. 가지 않으면 섭섭한 곳, 통도사에 갔다. 화려한 등들은 세상 사람들의 소원이 적힌 꼬리표를 달고 무겁게 흔들렸다. 천왕문을 지나면 바로 극락전이다. 벽엔 색 바랜 벽화들이 그려져 있다. 그렇게 자주 오던 곳인데 그날따라 유난히 그 벽화들에 눈이 갔다. 두 손을 모으고 이미 좋은 곳에 가 있을 엄마의 극락왕생을 빌며 한 바퀴 돌며 벽화를 유심히 보았다.

배를 타고 죽음의 강을 건너는 사람들. 모두 합장하고 편안한 얼굴들이다. 미련 없이 한곳을 바라보며 극락왕생을 기도하는 모습이었다. 그 많은 사람 중의 한 사람만 그들 속에 끼지 못하고 뒤를 돌아보고 있다. 그의 표정엔 슬픈 그늘이 내려앉아 있다. 이승에 무슨 미련이 남아 그를 저토록 돌아보게 할까? 어린 자식이, 젊은 아내가, 아니면 늙은 부모가 걱정되어서일까? 스님의 '이제 소용없소. 다 잊고 떠납시다. 다 욕심이요.' 하는 목소리가 낡은 벽화 속에서 새어 나오는 듯했다.

내 아버지 모습 같았다. 늙은 부모에 만삭인 아내, 어린 자식들을 두고 가야 했던 가장. 그도 저렇게 돌아보고 또 돌아보며 갔을 것 같다. 목이 터지고 가슴이 미어지도록 남겨진 가족들의 안녕을 기원했을 것이다. 삶에 미련을 버릴 수 있는 방법인 누군가를 위해 일할 틈도, 나와 가족을 위해 최선을 다할 시간도 없이 갑자기 가버린 그. 정년이 되어 가정에 할

일 다 하고 봉사할 여유는커녕 작별 인사할 틈도 주지 않고 떠나야 했던, 버리는 법조차 알지 못한 채 떠나야 했던 젊은 가장의 안타까움이 고스란히 전해졌다.

몸으로 할 수 있는 일은 가능하다. 몸은 이미 저 배를 타고, 이승을 떠났지만, 마음은 그리 쉽지 않다. 사랑하는 사람이 눈에 아른거려 한 번쯤은 돌아보기 마련이다. 미련을 두지 않게 하는 방법은 남은 자들의 몫이다. 49일의 의미는 그 기간 사후 생이 결정되는 기간이란다. 그 기간이 지나면 그곳의 생에 다시 적응한다고 한다. 좋은 생을 맞을 수 있도록 남은 자가 잘 보내줘야 한다.

〈하이 바이, 마마!〉라는 드라마가 있었다. 만삭인 주인공이 어느 날 사고로 죽는다. 배 속의 아이는 엄마 얼굴도 모르고 살게 된다. 의사인 남편은 아내를 잊지 못하고 방황하다 아이를 위해 재혼한다. 자식을 먼저 보낸 친정 엄마는 매일 절을 찾아 기도한다. 딱 한 번만이라도 딸의 체온을 느끼고 만져보고 안아보게 해 달라 손이 발이 되게 빌고 또 빈다. 갑작스런 이별엔 누구나 미련을 두게 마련이다.

소원이 이루어졌다. 딸은 49일 동안 사랑하던 사람들 곁에 머물 수 있게 돌아왔다. 그녀의 눈엔 엄마보다 자식이 먼저다. 모든 것이 늦게 발육한 아이가 안타까워 주위를 맴돌며 보살핀다. 이도 저도 아닌 자신이 싫어 남들과 같은 참 인간으로 살고 싶다 욕심이 생기기 시작한다. 아이 곁에 있고 머물고 싶었다. 그 욕심이 생기는 순간 아이 곁엔 귀신들이 붙기 시작했다.

잊어야 하는 것은 잊어야 한다. 죽은 자든 산 자든 가지면 안 될 것에 욕심을 부리면 안 된다. 질서와 삶이 무너져버린다. 자신으로 힘들어하는 사람들을 보고 그녀는 다시 떠날 준비를 한다. 하나둘 버릴 것 버리고 하지 못한 이야기도 나누며 하루하루 정리를 한다. 그리고 어느 날 다시 떠난다. 약속된 이별도 힘들긴 마찬가지다. 아무리 정리하고 수많은 이야기를 나누어도 아쉽고 아프다.

누구나 목적지는 하나다. 모두 알고 있는 기정사실화된 것이다. 알면서 미워하고 싸우고 원망하며 산다. 그러고는 후회한다. 바보같이. 부르키나파소의 구르마 족은 장례를 축제로 승화한 풍속이 있단다. 2개월에서 3개월 동안 애도 기간을 갖는다 한다. 그 기간 매일 밤 노래, 춤, 무언극을 하며 죽은 자가 편안히 명부에 내려가도록 애도문을 왼다고 한다. 보내는 자들이 행복한 모습을 보여야 가는 사람도 미련이 없이 갈 수 있다 믿기 때문이란다.

나도 엄마를 보냈다. 고생만 하던 이생을 마무리한 엄마를 좋게 보내려 안간힘을 썼다. 한 번씩 밀려오는 태풍 같은 설움을 이성으로는 감내

하기 어려워 통곡하기도 했다. 유복자의 울음은 저승 문 앞까지 들린다고 한다. 그래서 슬퍼하지 않으려 열심히 움직이고 있다. 가끔 그런 내 모습에 스스로 당혹스럽기도 하다.

내가 할 수 있는 일은 한 가지뿐이다. 즐겁게 사는 모습을 보여 주는 것이 최고의 선물이다. 넘겨진 가족 생각에 뒤돌아보고 갔을 아버지에게도 이젠 이 세상에 미련 두지 말고, 변명 같은 어색한 말을 하지 않아도 다 알 것 같으니 편히 가시라고, 그 길을 간 것이 당신의 의지와 무관하다는 것을 이 막내도 이제 알 나이가 되었으니 걱정하지 않아도 된다고 말해 주고 싶다. 엄마 살아생전 꿈에 봤다던 고래 등 같은 집에서 두 분 못다 한 사랑 나누며 오순도순 잘 지내길 염원한다.

자전거 탄 풍경

"꽃구경 가고 싶다."

노래를 부르는 내 볼멘소리에 남편은 옷을 챙겨 입고 나섰다. 나도 슬쩍 눈치를 보면 한껏 멋을 부리고 뒤따랐다.

"이보시오, 마눌림. 여기 이리 곱게 피어 있는 이것들은 꽃이 아니고 다 무엇이요?"

남편은 아파트 단지 내에 핀 꽃들을 실컷 보라며 비아냥거렸다. 이게 아니지 않느냐 투덜거리면서도 할 말이 없다.

"꽃이 다 같은 꽃이 아니지 않습니까요. 내가 보고 싶은 것은 바다와 어울려 핀 제주도 유채꽃이라고요."

내 투덜거림에 못 이긴 남편이 데려간 곳이 낙동강 대저생태공원이다. 유채꽃과 벚꽃길이 더없이 넓고 끝없이 펼쳐져 있었다. 어디 그뿐이랴. 엄마의 손길같이 따스한 봄 햇살에 아직 겨울을 시샘하는 바람이 강물에 녹아 내려 반짝였다. 이런 곳이 있었다니. 나들이 나온 사람들의 모습에는 세계의 문을 닫게 한 코로나 시대는 이미 끝난 듯 화사했다.

내가 바라던 봄 풍경이었다. 가까운 모든 것에게 관심을 두지 않았던 몹쓸 습성에 사로잡혀 있던 내가 창피해 남편의 팔을 살짝 잡아당겼다. 바람개비가 그런 내 마음을 눈치라도 챘는지 소리를 내며 시선을 돌려주었다. 강물이 흐르고, 노랗고 하얀 수채화 속에 우리는 동화되었다. 부모

손을 잡고 나온 아이들이 그 속으로 까르르 웃으며 뛰어다니는 모습이 자유로웠다.

아득하게 이어진 벚꽃 터널 길을 달렸다. 자전거를 타지 못하는 난 남편의 뒷자리에서 마음으로 열심히 페달을 밟았다. 같은 마음으로 밟아야 하는 2인용 자전거, 힘차게 달렸다. 꽃잎과 바람이 서로 장난을 치다 와르르 떨어져 흩날리며 우리 코끝을 간지럽히고 수줍어하며 도망을 쳤다. 나를 이끄는 그의 넓은 등에 얼굴을 묻었다. 그의 냄새와 봄의 향기가 닮았다. 내 마음은 엄마 손을 잡고 나온 아이보다 들떠 있었다.

콧노래가 절로 났다. 스무 살, 그를 만났을 때 기분이었다. 우리는 캠퍼스에서 만났다. 여학생이 나를 포함 두 명뿐인 토목과에서 자연스레 친구가 되었다. 말주변이 없고 낯을 유난히 가리던 나에게 그는 살갑게 대해주었다. 항상 테니스 라켓을 메고 나타나 기본 자세를 가르쳐주기도 했다. 하나둘, 그와 마주한 상태에서는 곧잘 따라 했다. 그때부터 우리는 한곳을 보았다.

한 해 봄이 지나고 다시 온 봄. 우리에겐 캠퍼스의 마지막 봄이었다. 2년제 대학이다 보니 금세 취업이 코앞으로 다가왔다. 80년대 중반의 부산은 급속하게 변하고 있었다. 지하철 1호선이 개통되고 하구언 공사가 준비 단계에 있었다. 대부분의 친구는 현장으로 투입되었다. 난 설계 사무실로 갔고, 그도 얼마의 시간이 지난 후 나와 같은 직장에서 일하게 되었다.

이론과 실기가 다르듯 수업에서 배운 학습적인 내용은 아무런 도움이 되지 못했다. 갈등하기 시작했다. 우리는 한창 개발 중인 을숙도에서 인생을 논했다. 무너져가는 갈대밭 사이를 비집고 나뭇가지에 묶은 낚싯줄을 드리운 채 바람을 맞았고, 우리의 타오르는 마음처럼 붉은 노을을 보면 생각에 잠기곤 했다. 고기를 낚기 위함보다 우리의 보이지 않는 현실을 낚고 싶었는지 모른다.

고달파도 청춘이었다. "저녁 노을 지고 달빛 흐를 때 작은 불꽃으로 내 마음을 날려봐~ 불놀이야~~" 물소리와 새소리와 바람 소리에 뒤질세라 고래고래 고함치듯 아픈 청춘을 노래했다. 그러다 지치면 시냇물이 흘러 강으로, 강물이 모여 이 넓은 바다에서 지친 몸을 쉬듯 우리도 그런 날을 위해 건배했다.

아픈 청춘들을 낙동강은 말없이 품어주었다. 희미하게 가려진 미래의 답을 찾아 헤매던 곳. 어수선하고 찬바람만 느껴지던 그곳에 이젠 온갖 꽃들이 피어 있다. 같아 보이지만 우리도 그때의 우리가 아니듯 분명 그때의 꽃들이 아니다. 잠시 자전거를 세우고 벤치에 앉았다. 금수현 선생의 그윽한 미소를 띤 동상이 여기까지 잘 견뎌온 우리를 반겨주는 듯했다.

"세모시 옥색 치마 금박물린 저 댕기가 창공을 차고 나니 구름 속에 나부낀다…."

잔잔하게 들리는 가곡 〈그네〉의 가사를 읊조리며 바라보는 세상은 향긋했다. 청보리가 바람에 파란 물결을 일으키고, 그 사이사이에 사진을 찍느라 분주한 사람들 모습이 그저 액자 속의 한 장면이었다.

올해는 코로나로 공식적인 개방은 하지 않았다. 그래도 꽃은 피었다. 나란히 발맞추어 걷는 길은 그때와는 다른 느낌이다. 아팠던 청춘에서 조금 익은 중년이 되어 그와 나는 여전히 같은 방향을 걷고 있다. 걷다가 지치면 한곳을 바라보고 서로의 어깨를 다독인다. 정적을 깨고 밝은 청춘들 한 무리가 요란하게 지나갔다. 그 바람에 벚꽃이 떨어져 자유롭게 날아다니는 나비가 되어 멀리 날아갔다. 우린 그들의 모습이 아스라이 사라질 때까지 바라보다 웃고 말았다.

'그래, 달리고 달려라. 내일은 생각 말고 즐겨라. 청춘들아!'

31

아픔은 우연히 녹는다

중학교 진학을 할 때다. 주민등록 등본을 떼 오라 했다. 면사무소로 갔다. 세대주 '홍순이'. 울 엄마 이름이다. 아버지가 없으니 당연하다. 누런 서류 뭉치를 한참 뒤적이던 직원이 나를 힐끔 쳐다봤다.

"학생, 세대주가 잘못됐다 카네."

"맞아요. 우리 엄마가 내 세대준데…."

"어머니 말고 아버지 성함이 뭐꼬?"

"아버지 안 계시는데요."

다시 찾아봐 달라 부탁했다. 직원은 그 나이에 자기 세대주도 모르냐며 핀잔을 주는 투로 힐끗거렸다. 죄를 지은 사람처럼 내 목소리는 끝이 사라져 버렸다. 어머니가 항상 말하던 '아버지 없는 사람 취급'이 이렇게 서럽다는 것을 처음으로 느꼈다. '맞는데….' 튀어나온 입으로 구시렁거리며 혹시나 하는 마음에 오빠 이름을 적었다. 그마저 아니란다. 아비 없는 서러움의 맛은 너무 쓰디써 온몸은 뜨거운 무엇인가 꿈틀거렸고, 가슴이 터져버릴 것 같았다. 눈물은 멈추지 않았고, 왠지 모를 서러움에 갈피를 잡지 못했다

혼란스러웠다. 엄마도 오빠도 아니면 누가 내 세대주란 말인가? 어디서부터 찾아야 하는지 어린 나는 공중 분해돼버린 듯한 그 어처구니없는 상황이 창피하기도, 화가 나기도 했다. 그때였다. 면서기로 일하는 이웃

집 아저씨가 나를 불렀다. 의자에 나를 앉히고 따뜻한 물을 건네며 걱정 마라 위로했다. 우리 집 사정을 아는 분이라 믿음이 갔다. 나를 무시하던 그 직원에게 몇 마디 하더니 등본을 떼 주었다.

세대주 란에 어디서 본 듯한 낯선 이름이 적혀 있었다. 삼촌이었다. 오빠라는 사람이 얼마 되지 않는 재산을 독차지하기 위해 우리 세 자매를 삼촌 앞으로 올렸던 것이다. 그 인상 좋은 아저씨랑 함께했다는 사실을 그때 알았다. 그 이후로 나에겐 오빠가 없다. 언니 둘만 있을 뿐이다. 그 후 그 면서기는 우리의 서류 담당자가 되었다. 나는 뻔뻔하다고 여길 정도로 당당하게 그를 찾아갔다.

너무 당연한 권리를 엄마는 포기했다. 호적에 엄마의 성이 되어 있는 것보다 같은 성인 삼촌을 택한 셈이다.

"그래도 우짜겠노, 딸들은 시집 가뿌면 다 필요 없다. 그래도 너거 성은 지킨다 아이가. 참자."

바보 같은 엄마는 오히려 우리를 다독였다. 그렇게 우리는 엄마의 딸들이 아닌 삼촌의 딸이 되어버렸다.

"아이고, 논실댁이는 의붓아들한테 전답이고, 집이고 다 뺏기고도 안 분하더나?"

장터 사람들은 엄마에게 산부처냐며 혀를 내둘렀다.

"우짜능교. 내 복이 그뿐인 거를. 그래도 우리 딸들이 잘 커줘서 괜찮심더."

우리는 엄마의 모든 것이었다.

"벼락 맞아도 살 놈, 그놈은 너거 엄마한테 머리카락을 뽑아서 신을 삼아줘도 그 공 못 할낀데. 독해도 우째 그래 독하는고. 그래서 머리 검은 짐승은 거두는 것이 아니라 했는갑다. 우쨌든 너거가 착해서 너거 엄마가 보람은 있다."

주위 사람들이 모두 우리를 지켜보고 있다는 것이 여간 힘든 일이 아니었다.

나를 지켜주는 사람 '세대주'를 찾아 울던 내가 훌쩍 커버렸다. 내 잘못이 아니지만 당당하지 못했던 내 세대주가 바뀌었다. 엄마의 바람대로. 꽃을 싼 종이엔 향기가 남는다. 좋은 마음으로 용서라는 것을 택한 엄마 밑에 자란 우리 세 자매도 엄마의 냄새가 묻어 있기를 염원한다. 내 성 하나 지켜 주려 온갖 설움을 삼켰던 엄마. 당신이 지켜준 내 성 '신(申)'이 이름 사주에 없는 금붙이를 지켜준단다. 끝까지 그녀는 나만의 세대주다.

여든아홉 여름, 이십여 일 동안 아이가 되어 막내인 내 보살핌을 받고 가셨다. 절대 그런 일은 없을 거라 확신하고 있었던 탓에 모든 것이 서툴

렀다. 치매 진단도 휠체어에 태워 가며 그때서야 받았다. 보건소에서 기저귀를 지원받아 오던 날 하늘도 울어주었다.

"어르신, 딸들 이름 말해보세요."

보건소 직원의 말에 흐릿한 눈으로 또박또박 읊던 우리 세 자매 이름.

"옆에 있는 사람 누군지 알겠어요?"

"우리 유복자지. 내 막내딸 아이가."

초점 없는 눈에서 눈물이 힘없이 흘렀다. 보건소 직원도 나와 엄마를 번갈아 보며 눈시울을 붉혔다. 몸은 이미 아이가 되어버렸어도 우리 엄마였고, 난 아픈 손가락이었다. 난 그런 엄마를 지켜주지 못했다. 마지막 가는 길에 혼자 쓸쓸히 보내드렸다.

내가 엄마의 사망 신고를 할 수가 없다는 것이다. 부모 자식 사이가 아닌 동거인 관계로 되어 있는 까닭이란다. 난 한참을 울고 또 울었다. 구청 직원도 어찌할 바를 몰라 애꿎은 컴퓨터 속만 여기저기 헤매고 있었다. 과거 잠시 오빠였던 그의 이름은 엄마의 언저리에 남았던지 직원이 관계를 물었다. 모르는 사람이라 말했다. 그렇게 엄마는 이모가 보내드렸다. 난 엄마를 이 세상에서 지우는 날에도 그저 바보같이 울고 있을 뿐이었다.

"우리 세대주가 말입니다."

드라마 대사 한마디에 울어버린 나. 현실보다 서류가 중요하다는 것을 느꼈다. 그리고 말하고 싶다. 누군가가 나와 같은 처지에 처해 있다면 살아생전에 서류로 정리해두라고. 그렇게 숨겨두었던 아픔도 걱정도 이제 부끄럽지 않다. 엄마가 모두 안고 아버지를 만나러 가버렸다. 기억조차 없이 떠나버린 아버지의 빈자리가 얼마나 컸는지 모른다. 그리고 그 큰 공간 속을 가득 메웠던 아픔은 우연찮은 곳에서 녹기 시작했다. 이 모든 것이 이제 혼자 가슴 속에 숨긴 채 창피하게 생각할 일이 아님을 알았다. 그저 지나간 한 편의 드라마에 불과하다.

자국만 남아 보기 흉할 뿐, 모든 것은 시간이 흐르면 사라진다.

멍이 잘 드는 체질의 대부분은 속이 허해서 그렇다.

조금씩 채워 나가면 어느 순간 옅어지고

면역 항체가 생겨 단단해질 것이다. 나도 제법 단단해졌다.

아직 이웃집 초인종을 스스럼없이 누르진 못하지만, 노력 중이다.

이제 같은 공간에 있는 사람에게 먼저 인사를 건네는 여유가 있다.

내 삶의 나이테가 하나 더 그어졌다.

32

다, 엄마 탓이야

유난히 겁이 많다. 특히 어둠에 대한 무서움은 공포에 가깝다. 밤이 되면 활동 범위가 좁아진다. 저녁 식사 후 남편과 온천천을 한 시간가량 걷고 온 후엔 거실을 벗어나지 않는다. 딱히 트라우마가 있는 것도 아닌데 그 이유는 모르겠다. 어쩌다 시골에 가도 그렇다. 대낮에도 혼자 있지 못하고 남편을 따라다닌다. 쉰이 넘은 나이에 참 유별나다 흉을 봐도 타고난 것을 어쩔 수 없다.

산길을 걸어도 난 항상 긴장한다. 등산을 그렇게 다녀도 그 버릇은 사라지지 않았다. 숲속에서 바스락 소리만 들려도 깜짝 놀라 가슴이 쿵 내려앉을 정도다. 그러다 보니 남들이 듣지 못하는 소리, 보지 못하는 것들도 쉽게 보고 듣고 느낀다. 피로가 유달리 빨리 찾아오는 이유가 아마도 내 모든 세포가 항상 일하는 탓이 아닐까 하는 생각을 가끔 한다. 이것은 노력으로도 감당하기 힘들다.

어둠에 대한 공포는 사랑을 너무 많이 받고 자란 탓이라 여겼다. 지금껏 혼자 자 본 일이 거의 없다. 대학 졸업 여행을 갈 때조차도 엄마 생각에 울었던 바보다. 결혼 후에도 남편이 출장을 가는 날이면 엄마가 와 있었다. 혼자의 삶에 익숙할 틈이 없었다. 여행을 가도 혼자 씻는 것이 가장 두렵다. 거울을 보면 무섭다. 그것은 어린 시절 이불을 뒤집어쓰고 본 전설의 고향이 그 원인인 것 같다. 한 번 기억된 공포는 항상 내 머릿속에 잠재되어 혼자일 때 깨어 나온다.

정적에 대한 공포는 왜일까? 그렇다고 사람 많은 곳을 좋아하지도 않는다. 혼자 있는 것이 편하다. 아무리 생각해도 딱히 이유를 모르겠다. 사람에 놀란 적도, 동물에 당한 적도 기억엔 없다. 남편은 뉴스에 나오는 사고·사건을 보고 쉽게 잊지 못하는 못된 성격 탓이란다. 그럼 난 어쩌란 말인가? 귀 닫고 장님처럼 살아야 나를 놓고 이 두려움에서 벗어날 수 있단 말인가? 요즘 그 해답을 찾은 것 같다. 〈금쪽 같은 내 새끼〉라는 프로그램을 보며 나의 행동이 조금씩 이해가 간다. 아이들의 성장 과정을 살피고, 원인을 찾아 바로 잡아주는 프로그램에서 어른인 내가 성장하고 있다. 아이들의 이상 행동엔 대부분 부모의 탓이 많았다. 그 방송을 보며 처음엔 나를 반성했다. 우리 아이들에게 나도 모르게 했던 행동들을 돌아보며 후회했다.

아이들을 넘어 이제 내가 보인다. 내가 느끼는 공포들은 죽음에 대한 두려움이란 것을 이제야 알 것 같다. 친구들은 우리 집에 여자들만 있어 누군가 침입하진 않을까 무의식적으로 긴장한 탓에 생긴 트라우마라 했다. 그럴 수도 있겠지만 아니다. 엄마가 죽을까 봐 꿈에서조차 울었던 내가 아닌가. 그 현실이 나 혼자 남겨질까 두려운 나머지 공포의 대상이 되었다.

그 프로그램에서 나를 닮은 아이를 봤다. 아이는 밤이면 누군가 올 것 같아 공포에 떨며 쉽게 잠들지 못하고 악몽에 시달렸다. 아빠가 옆에 있어도 엄마를 애타게 찾으며 목 놓아 울었다. 상담을 통해 아이의 그런 행동들이 겁 많은 엄마를 지키기 위함이란 것을 알았다. 누구도 짐작조차 하지 못했던, 아이의 머릿속에 잠재된 기억이 공포로 나타났다. 엄마가 바뀌고 아이의 그 행동들이 조금씩 나아지고 있는 것을 보고서야 알았다.

나도 그랬다. 일 나간 엄마를 기다리는 것은 언제나 조마조마했다. 야간 자습을 하고 돌아와 엄마를 불렀을 때 대답이 없으면 두려움이 엄습해왔다. 내가 결혼 후 불과 버스 두어 코스 거리였지만 따로 떨어져 살 때는 더 불안했다. 당신이 전화를 받지 않으면 하던 일을 접어 두고 뛰어가 확인하고서야 마음을 놓곤 했다. 이 모든 것이 죽음에 대한 공포에서 비롯된 것이었다.

학창 시절, 엄마는 참 많이도 아팠다. 교무실에서 날 찾는 소식만 들려도 가슴이 내려앉을 정도였다. 엄마가 쓰러졌다는 연락 외에는 교무실에 갈 일이 없던 나였다. 가방을 챙겨 나서는, 아이들이 뛰어다니는 운동장은 더없이 넓고 횅하게 느껴졌다. 얼룩진 얼굴로 도착한 집은 또 얼마나 정적이 흘렀던지. 옆집 아줌마의 한숨과 애처롭게 쳐다보던 그 눈을 난 잊을 수 없다.

내가 할 수 있는 일은 없었다. 곁에 있어 주는 일밖에. 아침에 일어나면 엄마의 코 아래 손을 대고 미세한 생명을 확인하는 일뿐이었다. 그 행동은 엄마가 돌아가시기 전까지 나도 모르게 이어졌다. 엄마의 갈비뼈가 그대로 드러난 앙상한 가슴팍에 손을 얹고 느꼈던 그녀의 고난했던 삶의 느낌은 나를 슬프게 했고, 행복하게도 했다.

다 엄마 탓이다. 눈물이 많은 것도, 나도 모르게 느꼈던 무서움과 두려움 모두 다. 이 모든 것의 원인이던 엄마가 편히 저세상으로 가시고 벌써 4년에 접어들었다. 요즘엔 눈물도 그리 나지 않는다. 혼자서도 잘 잔다. 그것도 안방에서 말이다. 얼마 전까지만 해도 혼자일 땐 거실에서 강아지를 안고 잤다. 더 이상 영원할 것 같던 내 편이 없다는 것을 내 모든 세포가 알아차린 모양이다.

어떤 이는 말한다. 갱년기가 지나서 눈물이 말라가고 감정도 둔해진 것이라고. 그럼 내 갱년기는 수십 년간 나와 동행했단 말인가. 다 엄마 탓이었다. 엄마가 나를 보고 웃겠다. 잘되면 네(자기) 탓이고 못된 것은 내(조상) 탓이라고. 어쩌면 겁쟁이 내 딸도 이런 엄마를 만나 그런지 모르겠다. 남편은 우스갯소리로 말한다. 겁이 대물림 되었다고. 무섭고 두려웠어도, 그래도 그립다.

33

수면제 같은 말벗

오후 세 시다. 대부분의 사람은 가까운 온천천을 걷거나 오전에 운동한다. 난 그들을 피해 세상이 낮잠을 자는 듯 조용하고 평화로운 이 시간에 걷는다. 고양이들도 따뜻한 햇볕을 피해 나무 그늘에서 졸고 있는 오후다. 민들레 새싹이 고개를 내미나 했더니 벌써 한동안 품었던 자식들을 멀리 떠나보내고 있다. 계절은 그렇게 우리 곁에서 머물다 사라지길 반복한다. 아파트를 한 바퀴쯤 돌고 나면 어김없이 만나는 사람이 있다. 모자를 눌러쓰고 보조기를 끌고 나오는 백발의 할머니다. 항상 같은 곳에서 만나다 보니 나도 모르게 그녀를 기다리게 된다.

오늘도 저 멀리 잰걸음으로 걷는 뒷모습이 보였다. 안심이다. 한참 멀리 있다 싶어도 금방 따라 잡는다.

"아이고, 새댁이도 운동 나왔나? 요놈의 날씨가 벌써로 이리 더버서 우째 살것노. 아이고 언선시럽다(지긋지긋하다의 경상도 방언). 조것들 헉헉거리며 고개 타리밀고(힘없이 고개를 떨구다의 경상도 방언) 있는 것 좀 봐라."

그녀는 이른 여름의 더위에 시들해진 생명들이 못내 안타까운 모양이다. 가벼운 인사를 하고 걸음을 재촉했다. 후더분한 공기와 눈에 보이는 모든 생물과 이야기하는 그녀의 못마땅한 목소리가 자잘하게 흩어져 들렸다.

산책이 아니라 운동해야 한다는 마음으로 바빴다. 하루에 적어도 6000보 걷기가 목표다. 허리 수술 후에 할 수 있는 최선의 운동이다. 300세대 조금 넘는 작은 아파트지만 단지 내 차량도 없고 조경 시설이 좋아 혼자 걸어도 심심하지 않다. 여섯 바퀴 정도 걷고 나면 땀이 송골송골 맺힐 정도로 적당하다. 걸으며 하늘을 보았다. 구름 한 점 없이 맑았다. '야, 하늘이 진짜 맑네. 근데 영 하늘을 보는 재미가 없구먼. 구름이 이런저런 그림을 그려줘야 보는 맛이 있는데 말이야.' 나도 모르게 중얼거렸다.

어느덧 마주치는 것들과 이야기하고 있었다. 갑자기 눈앞이 흐렸다. 엄마가 보고 싶어졌다. 엄마도 그랬었다. 햇살 좋은 날 이층으로 가는 계단에 앉아 날아오는 나비와 부는 바람과 친구가 되었다. 감나무 잎이 돋아난 정도로 고사리가 날 때가 되었다며 이미 마음은 산천을 헤매고 있었고, 떨어지지 않고 까맣게 말라버린 감꽃을 보면 가뭄에 허덕일 농부들을 걱정했다. 자연의 변화로 자연을 느끼던 엄마의 모습을 나에게서 보았다.

오늘은 그만 걷기로 했다. 아니 운동은 그만하고 그저 걷고 싶었다. 할머니가 절룩거리는 걸음으로 세상과 나누는 이야기 소리에 귀 기울여보기로 했다. 한 걸음 뒤에서 같은 곳을 바라보며 천천히 뒤따라갔다. 그녀가 걸음을 멈추면 나도 멈추고, 희미한 눈동자가 머무는 곳을 나도 바라보았다. 한참을 그렇게 걸었다. 편안했다. 바람의 세기도 햇살의 온도도 다르게 느껴졌다. 누군가와 보폭을 맞추며 걷는 느림의 여유가 생각보다 안정감을 주었다. 천천히 걷다 보니 보도블록 틈 사이로 부지런히 움직이는 생명들도 보였고, 작은 새들의 쫑쫑거리는 날갯짓도 보였다. 엄마 생전에는 보지 못했던 것들을 이제야 보았다.

내 인기척에 그녀가 게걸음으로 길을 내어주었다. 당신의 느린 걸음이 나에게 피해를 준다고 느꼈나 보다. 비틀거렸다. 할머니가 세상과 나누는 이야기가 듣고 싶어 한참을 뒤따라 왔노라며 그녀를 잡아주었다. 그 말에 자글자글 웃었다.

"아이고, 그랬나? 늘그이 혼자 궁시렁거리는 소리가 뭐 들을 것이 있다고."

그녀의 걸음에 맞추어 걸으며 이런저런 이야기를 나누었다.

오전에 하던 운동을 오후로 한 이유가 있단다. 젊은 사람들 활기차게 운동하는데 당신의 늦은 걸음이 피해가 되는 것 같아 언젠가부터 집 밖을 나오지 않았단다. 그러다 보니 다리에 힘이 빠져 걷기가 힘들고, 정신도 흐릿해지는 것 같았단다. 그러다 행여나 아들에게 짐이 될까 조용한 오후에 잠깐 나와 햇볕도 쬐고, 바람을 쐬곤 한단다. 비록 느린 걸음이지만 그렇게라도 걷다 보니 그나마 살아 있는 느낌이 든다며 쓸쓸한 미소를 지었다.

 올해 여든일곱 되었고, 일찍 혼자되어 키운 외동아들은 당신한테 둘도 없는 효자라며 자식 자랑을 했다. 이제 소원이 있다면 자는 잠결에 영감님 만나러 가는 일뿐이란다. 그래야 해준 것 변변찮은 외아들 고생시키지 않는다며 갑자기 내 아이가 몇 인지 물었다. 내 이야기도 하라는 말이지 싶다. 우리는 말동무가 되었다. 젊은 나이에 혼자 딸 셋을 키운 엄마 이야기와 객지에 있는 자식들 이야기로 아주 오래전부터 알고 지낸 사이처럼 그렇게 한참을 보냈다.

 부모는 한결같이 자식에게 해준 것이 없단다. 당신들 고생은 당연하고 자식들 힘든 것은 마음 아파한다. 우리 엄마도 그랬고, 두 아이의 엄마인 나도 그렇다. 맛난 음식을 먹어도 좋은 곳을 가도 아이들이 먼저 생각난다. 그래서 난 비밀이 많다. 남편을 따라 어디를 가든지, 맛난 것을 먹어도 비밀이다. 미안한 마음이 들어서다. 그런 내가 오히려 그들은 섭섭하단다.

 "아이고, 나도 참 얄궂제? 주책스럽게 새댁이한테 오만 이바구 다 한다. 우리 새댁이 때문에 오늘은 잠 잘 자겠네. 이 냄새 나는 늘그이 쓸데없는 이바구 들어준다고 욕봤데이. 복 받을 끼다."

 서로 주고받은 이야기에 복을 주고 잠까지 잘 자겠다니, 그 말에 가슴이 뭉클했다. 엄마가 밤에 잠 못 이루고 꼬박 새웠다며 "어찌 밤도 이리 기노." 하던 넋두리의 뜻을 이제야 알았다. 엄마가 이층 공부방으로 오가는 쪽문을 막고 앉아 지나가는 사람에게 말을 걸었던 이유도 지금에서야 알 것 같다. 이렇게 효험 있다는 수면제 같은 어렵지 않은 말벗 한 번 제대로 해드리지 못했다. 어리석게도 엄마는 영원히 내 곁에 있을 줄 알았다.

오늘 운동은 몸이 아니라 마음으로 했다. 언제나 그렇듯 후회라는 것은 몸에 맞지 않는 덤벨을 들고 일어서는 것처럼 온몸과 정신을 무겁게 한다. 그 무게를 느끼면서 난 오늘도 후회하며 살아간다.

34

숨비소리

파도가 거세다. 파도가 무섭게 내달려 와 바위에 부딪히며 부서진다. 밤새 무슨 일이 있었는지 궁금하다. 그 속에서도 갈매기 떼는 먹이를 찾고, 늙은 해녀들은 물질 중이다. 숨비소리마저 삼켜버린 바다, 등 굽은 노인이 담배를 물고 먼바다를 향해 서 있다. 심술이나 사납게 나대는 저 바닷속에서 힘겹게 삶과 싸우고 있는 해녀를 기다리는 모양이다.

우리도 걸음을 멈추고 그 노인의 눈길이 머무는 곳을 향해 한참을 바라보았다. 주황색 부표들이 바다를 노닐며 어슬렁거린다. 깊은숨을 몰아쉬며 올라오는 해녀를 얼른 안전하게 부여잡아준다. 해녀들은 부표와 한 몸이 되어 일렁인다. 옆에 있던 노인도 그와 동시에 참았던 숨을 내쉬며 뿌연 담배 연기를 내뿜는다. 그제야 우리를 본 모양이다. 표정이 조금 너그러워졌다.

노인은 힐끔거리며 시간을 묻는다. 사는 게 이리 힘든 거라며 연기와 함께 뚝 내뱉고는 그의 시선은 다시 바다로 향한다. 바다를 향해 큰 손짓을 한다. 이제 나올 시간이 되었다고 아무리 소리쳐도 바람에 실려 들리지 않을 외침 대신 그들만의 신호를 보내는 모양이다. 거센 파도 속에서도 신호를 보았는지 이내 미역처럼 축 처진 해녀들이 하나둘 뭍을 향해 걸어 나온다. 무엇을 잡았을까? 우리도 그를 따라 아래로 행했다.

성게알 몇 개가 전부다. 파도가 너무 거세 아무것도 없다며 하소연이다. 노인은 그런 아내에게 오히려 역정을 낸다. 그리 나가지 못하게 말려도 고집을 피우더니 내 그럴 줄 알았다며 휙 앞서 나가 오토바이에 시동을 건다. 이런 험한 날 바다로 뛰어 들어간 부인의 안전함을 멀리서 지켜보던 그 심정이, 그리고 고생했다 말하기 쑥스러워하는 무뚝뚝한 남편의 모습이 보였다. 오토바이가 두 노인처럼 힘겹고 느리게 사라진다.

이 세상에서 가장 바보 같은 말이 "내 그럴 줄 알았다."라던 어느 심리학자의 말이 생각났다. '애당초 그럴 줄 아셨다면 저 속 모를 바다에 부인을 보내는 삶에서 이미 헤어 나왔어야지요.' 하는 맘에 나도 모르게 한숨이 새어 나왔다. 안다고 설치는 사람에게 물어보면 대부분 이리저리 하니 그렇다며 둘러댄다. 짐작일 뿐이지 정확성은 없다. 그저 확률적인 것이다. 바다의 속을 모르듯 우리의 삶도 알 수 없다. 어제는 돌이킬 수 없는 과거요, 내일은 알 수 없는 미래에 불과하다. 그저 오늘만 있을 뿐이다.

질문에도 주체가 있다. "왜?"로 묻지 말고 "무엇이"로 물어보란다. 느낌이 다르다. 나도 세상에서 가장 바보가 될 때가 있다. 무심결에 "내 그럴 줄 알았다."며 큰소리 친 적이 한두 번이 아니다. 아이들이 무엇을 할 때면 내심 성공을 기대한다. 그렇게 해놓고는 실패를 하면 핀잔 섞인 말투로 한마디 한다. 알았으면 미리 알려주었어야지, 꼭 뒤에서 그런 말을 하나냐는 볼멘소리엔 자신 있게 말하지 못한다. 그러니 바보라 해도 할 말이 없다.

숨비소리는 바다에만 있는 것이 아니다. 이른 여름, 6월의 무논에서 종일 모내기하며 몰아쉬는 소리에도 깊은 한이 서려 있다. 비라도 오는 날이면 날아드는 한기에 아무리 옷깃을 여며도 소용이 없다. 금방 쓰러질 듯한 한 여인은 새참으로 나온 건빵 몇 알을 자식들 먹이려 옷섶에 숨겨 둔다. 한기에 곱은 손으로 꺼낸 건빵을 자식들은 어미도 보지 않고 먹기 바쁘다. 그 모습이 예쁘기도, 애처롭기도 해 그 여인은 숨비소리처럼 참았던 숨을 내몰아 쉬곤 했다. 내 어머니의 긴 한숨이었다.

떠나는 오토바이를 바라보던 다른 해녀들이 한마디씩 한다. 저 형님은 복도 많다고. 저렇게 구시렁거려도 하루도 빠지지 않고 데리러 오는 할아범이 있어 부럽단다. 얼마 되지 않는 성게를 하나 뚝 까서 우리에게 내민다. 어차피 돈도 되지 않으니 부담 갖지 말고 맛이라도 보란다. 씁쓸하다. 성게의 맛이 골이 깊이 파인 해녀들의 마음을 대신한 듯하다. 후유이~ 숨비소리에 그들의 삶이 그대로 녹아 있다.

돈은 되지 않아도 이 성게의 가치는 말할 수 없다. 너무 간단하게 차려입고 나선 외지인이 보답할 것이 없다. 우리는 가방을 뒤져 겨우 바나나를 꺼내 그들에게 건넸다. 막무가내로 몰아붙이는 파도에 기운이 다 빠져 허기를 느낀 참이라며 얼마나 맛있게 드시던지. 그들의 삶과 정을 사진으로 남기려 했지만 손을 저으며 한사코 거절하는 바람에 흔적을 남기지는 못했다. 서로 고맙다 인사를 나누며 제 갈 길로 나섰다.

인적이 드문 바닷길. 걷다 보니 숨어 있던 사람 냄새 나는 푸근한 풍경도, 느끼지 못했던 바닷가 사람들의 억센 정이 담긴 소리도 들을 수 있었다. 바다의 표정만 바라보며 청춘을 떠나보낸 주름진 얼굴의 노인들. 자글자글한 웃음 남긴 채 멀어진다. 그 뒤로 남겨진 바람 소리엔 그들의 숨비소리가 가득하다.

말하는 벙어리

햄버거와 커피를 사러 갔다. 알바생은 화면에 나오는 대로 메뉴를 고르면 된다며 간단하게 말하고는 가버렸다. 별것 아니었다. 원하는 것을 고르고 다음으로 넘겼다. 음료를 커피로 바꾸는 것까진 순조로웠다. 결재하라는 안내가 없어 다시 누르니 처음으로 돌아가 버렸다. 몇 번을 하다 보니 내 뒤로 줄을 서서 기다리는 사람들의 눈초리가 느껴졌다. 괜스레 멀쩡한 카드만 만지며 뒤로 슬쩍 물러났다.

자존심이 상했다. 나름 세대 차를 느끼지 못한 채 살아가고 있다 생각했다. 물어보지 않고 내가 하고야 말겠다는 의욕이 솟았다. 열 명이란 사람들이 순식간에 빠지고 다시 그 기계와 마주했다. 긴장을 풀고 천천히 하자며 나에게 힘을 주며 하나씩 차례대로 진행했다. 역시나 그 부분에 발목이 잡히고 말았다. '아니, 먹으라는 말인가, 말라는 말인가?' 혼자 중얼거리는 소리에 옆에 있던 학생이 무심하게 무엇인가 눌렀더니 카드를 넣으란 화면이 나왔다.

카페에서 커피를 시킬 때도 그렇다. 사이즈도 택하기가 여간 어려운지 모른다. 우리가 아는 대, 중, 소도 아니다. 내가 그나마 알아들을 수 있는 영어의 라지, 미듐, 스몰도 아니다. 그래서 주문을 위해 서 있으면 옹알이하거나 눈치 게임을 한다. 사이즈가 적혀 있는 메뉴판을 곁눈으로 보고 당당한 목소리로 "가장 작은 것으로요." 한다. "숏 사이즈 말씀이신가

요?" 다시 확인한다.

톨, 그란데, 벤티. 처음 듣는 소리다. 궁금하여 인터넷에서 커피 사이즈에 대해 알아봤더니 이탈리아어란다. 영어도 지나쳐서 이제 이탈리아어까지 알아야 하다니 벙어리 노릇을 할 수밖에 없다. 트레이(tray)에 담아 줄까 말까 물어본다. 갑자기 훅 들어오는 물음에 준다니 뭔지 모르지만 달라고 했다. 작은 쟁반에 얌전하게 앉아 내게로 왔다. 시대에 뒤떨어진 아줌마가 되지 않으려 노력해도 어쩔 수 없다. 사용하지 않아 잊고 있던 '트레이'라는 단어에 받은 위협도 생각보다 컸다.

어떻게 요즘 아이들은 그 어려운 것들을 다 외울까? 보는 것들이 많아서 그런가. 책으로만 배운 세대와 직접 피부로 느끼며 배운 세대의 온도 차가 그렇게 크다. 지금엔 경양식이 보편화되어 쉽게 먹을 수 있다. 난 그것을 먹는 방법과 예절을 책에서 그림으로 보고 선생님의 말씀으로 배운 세대다. 그러니 가정 시간에 경양식 음식을 배울 때 얼마나 힘들었는지 모른다. 시험을 치는 날이면 밑줄을 그어가며 외우기도 했다. 우리 세대는 그런 세대다.

그만큼 보고 경험하는 것이 중요하다. 기계화되면서 속곳이 잘 형성된 곳에 글을 쓰고 색을 칠하는 요즘과 백지에 우리가 속곳을 그어 가며 배우던 시대의 간격 차라 말하고 싶다. '라떼'를 외치는 어른들을 그저 아무

것도 모르는 구세대로만 여겨서는 안 된다. 세대 차이가 아니라 문화의 차이고 시대의 차이다.

말하는 벙어리가 되어 버린 세대들. 어디다 무엇을 물어보려 전화해도 녹음된 기계음이 쉴 새 없이 무엇인가 요구한다. 난 그럴 땐 무조건 상담원을 찾는다. 서로 대화를 해야 이해가 빠르다. 나름대로 현재를 살아가는 데 아무런 장애도 없을 만큼 잘 적응하고 있다고 자부하는 나도 이런 불편함이 있는데, 노인들은 오죽할까? 모든 것이 기계화되어간다. 발전의 의미에서는 대환영이지만 서로 부대끼며 의견을 좁혀가는 사람 살아가는 맛이 사라져 가는 것 같아 아쉬움 또한 크다.

아이들은 이런 날 놀린다. 무슨 자신감으로 혼자 카페에 갈 수 있냐고. 간단하다. 매번 같은 것만 시킨다. 어쩌다 다른 것이 먹고 싶으면 몇 번을 되뇌고 주문한다. 앞 사람이 주문할 때 재빠르게 메뉴판을 살핀다. 그러고는 휴대폰 포인트 할인까지 받는다. 개인 컵을 가져가서 별 점수도 쌓는다. 할 것은 다 한다. 촌스러운 내 모습이 탄로 날까 더 당당하고 도도한 목소리를 낸다.

빈 깡통이 요란하고 덜 익은 벼가 고개를 빳빳하게 들 듯 나도 자신이 없을 때 더 당당하게 행동한다. 오늘도 난 당당하게 커피를 주문한다. 속 굿도 없는 주제에 주눅 들지 않고 "카페인 없는 걸로 따뜻한 아메리카노 가장 작은 사이즈로 주세요."로 주문하면 "디카페인 핫 아메리카노 숏사이즈 맞으신가요?" 다시 확인이 들어온다. 여유 있는 목소리로 "네." 하고 쓱 넘어간다.

멍 잘 드는 체질

겨울이 가기 전에 눈 산을 찾았다. 부산에서 눈 산을 보기 어려운 탓에 제주도에 가기로 했다. 한라산 정상인 백록담으로 가는 코스인 성판악과 관음사 쪽은 이미 정원이 찬 상태라 예약이 불가능했다. 안타까운 마음에 오름으로 목적지를 바꾸었다. 사실 1년 전 허리 수술을 하고 처음으로 가는 등산이라 두려움이 있던 터라 다소 안도감이 들었다. 어리목에서 윗세오름을 거쳐 남벽까지 가기로 일정을 짰다.

제주에 도착하니 오전 8시, 목적지가 변경되면서 여유가 생겼다. 배를 든든하게 채우고, 만반의 준비를 마치고 본격적인 등산길에 올랐다. 어리목에서 시작되는 길은 얼마 후 바로 경사로 이어진다. 계단은 눈으로 덮여 여름날에 봤던 모습은 찾아볼 수 없었다. 나름 산은 자신 있게 오르는 편이라, 앞장서 걸었다. 한 발짝 두 발짝 걷다 보니 호흡이 차오르기 시작하며 열 발짝도 걷기가 힘들었다. 내 속의 뜨거운 열과 겨울 산의 차가운 공기에 호흡까지 힘들었다. 나무에 몸을 기대고 한참을 쉬며 우연히 손목을 내려다봤다. 양 손등에 멍이 시퍼렇게 들어 있는 것이 아닌가.

순간 손이 떨렸다. 느끼지 못했던 쓰라림도 갑자기 전해졌다. 부딪힌 적이 없는데 어찌 된 일일까? 아픔을 느꼈던 흔적을 찾아보았다. 등산을 앞두고 가방을 멜 때, 손목에 끈이 좀 세게 스치는 느낌이 들더니 그때였나 보다. 참으로 어이가 없다. 그 정도의 스침에 이토록 심한 멍이 들다니, 남편이 혀를 차며 대수롭지 않다며 다시 길을 나섰다. 뒤처지는 자신이 한심스러워 가쁜 숨을 몰아쉬며 앞선 사람들을 따라잡았다. 그때야 안심이 되었다. 누군가 내 뒤에서 나를 지켜주고 있다는 느낌이 들어서 편하다.

학창 시절의 나는 더 심했다. 누군가 조금 험한 말을 하면 참지 못했다. 그렇다고 앞서 따지지도 못하는 성격이었다. 혼자 울고 혼자 힘들어 몇 날 며칠을 끙끙거리며 상처가 아물기를 기다렸다. 내가 나를 보호해야 하는 사람들의 특징인지 모른다. 난 그것이 자존심인 줄 알았다. 마음의 멍이 들지 않으려면 혼자가 될 수밖에 없다. 부딪히다 보면 자연히 멍이 들고 상처를 입기 마련이다. 내게로 다가오는 사람은 두 팔을 벌려 안아 주었지만, 내가 먼저 다가가지 못했다.

지금도 그런 편이다. 밖에서는 인사를 먼저 한다. 하지만 그들의 집에 간 적은 거의 없다. 그들이 우리 집을 찾는다. 남편이 전화하면 난 항상 집이다. 집을 나서도 혼자다. 조용한 카페에 멍하니 앉아 있기도 하고, 책을 보기도 한다. 또 그렇다고 친구가 없는 것은 아니다. 친구를 만나면 그렇게 잘 웃고, 수다도 잘 떤다. 대부분의 친구는 나를 잘 웃는 밝은 아이로 기억한다.

언제 생겼는지 모를 멍. 멍이 잘 드는 사람들은 언제 생겼는지도 모를 정도의 사소한 일에 상처를 입는다. 또 그만큼 빨리 치유하는 힘도 스스로 만들어낸다. 꼭 정상까지 가야 했고, 그렇지 못하면 약해져버린 내 몸과 정신력에 신경이 쓰여, 온 근육이 뭉칠 때까지 운동했었던 적도 있다. 이젠 그렇지 않다. 할 수 있는 선까지만 해도 좋다. 그만큼 여유가 생기는 것을 경험으로 느낄 나이가 되었으니 나이엔 공짜가 없는 법이다. 삶의 나이테가 그렇게 시나브로 만들어진다.

어른을 모시고 살면서 많은 것을 내려놓기 시작했다. 칠십 평생을 사셨던 시아버지와의 힘들었던 시간, 팔십 평생을 사신 엄마와 살며 눈물 짓던 날들, 그럴 수밖에 없었다. 그 덕에 예전에 비하면 아주 좋아진 모양이다. 친구들이 반백 년을 넘기니 사람이 다 되었다 우스갯소리를 하는 것을 보면 말이다. 얼굴에 웃음기가 생기고, 차갑게만 느껴지던 인상이 후덕하게 변해가고 있다.

힘겹게 오르던 길이 완만한 경사로 변했다. 이번엔 눈보라에 안개까지 껴 한 치 앞이 보이지 않았다. 벗었던 모자며 마스크, 목도리를 다시 하고, 겉옷을 입었다. 산행은 인생길과 같다. 한고비 넘기면 또 다른 어려움이 있다. 하지만 이젠 받아들이는 마음이 조금씩 달라져가고 있으니 즐길 줄도 알고 여유도 생겼다. 숨 가쁘게 오르던 그 길은 이미 잊힌 상태다. 눈보라가 치는 그 모습을 영상으로 남기며 눈도 뜨기 힘든 그 상황들 속에 빠져 한참을 놀았다. 멀리 보이는 모든 실루엣조차 멋스럽다. 쓰라리던 손등도 아픔이 사라졌다.

자국만 남아 보기 흉할 뿐, 모든 것은 시간이 흐르면 사라진다. 멍이 잘 드는 체질의 대부분은 속이 허해서 그렇다. 조금씩 채워나가면 어느 순간 옅어지고 면역 항체가 생겨 단단해질 것이다. 나도 제법 단단해졌다. 아직 이웃집 초인종을 스스럼없이 누르진 못하지만, 노력 중이다. 이제 같은 공간에 있는 사람에게 먼저 인사를 건네는 여유가 있다. 내 삶의 나이테가 하나 더 그어졌다.

37

안부를 묻다

남편이 출근하자마자 집을 나섰다. 큰언니가 양산 석계로 이사를 하는 날이다. 울산에서 20여 년을 살다 고향 언저리로 오고 싶다는 작은 소망에 그곳을 택했다. 외가 먼 친척이 사는 곳이라 더 쉽게 결정을 내렸다. 조카가 가기 쉽고, 나도 쉽다. 또다시 모르는 곳에서 정을 붙이고 살아야 하는 외로움도 감수하고 왔다. 우리가 얼마나 자주 갈 수 있을지 모르는 일이지만, 마음은 언제나 그 곁에 머물고 있다.

혼자 방을 구하느라 얼굴이 핼쑥해진 언니. 엄마가 가시고, 이제 큰언니가 나에게 걱정거리가 되었다. 아들 둘 다 결혼해서 아들 하나씩 낳아 잘 살고, 엄마 지극히 살피는 며느리들이 있지만 그녀는 나를 더 의지하는 모양이다. 물론 내 오지랖일 수도 있지만 늘 마음이 쓰인다. 하루에 한 번 전화한다. 이런저런 일들을 이야기하고, 수다를 떨고 나면 마음이 편해진단다. 자식에겐 깊은 이야기를 하는 것은 눈치가 보이게 마련이다. 나이가 들수록 동기간의 정은 더 찐해진다.

내가 할 수 있는 일은 안부를 묻고, 들어주는 일밖에 없다. 오늘은 괜찮냐고. 그 물음에 답은 명쾌하지 않다. 잠을 잘 자지 못하였는데, 요즘 갑자기 홀연히 문득 눈물이 쏟아져 한참을 통곡했다며 온갖 수식어를 붙여 강조한다. 말꼬리엔 그래도 지금은 좀 괜찮단다. "괜찮냐?"는 질문은 정말 아무 일 없는 사람에겐 하지 않는단다. 상대의 표정이나 행동이 불안해 보일 때 묻는 말이며, 좀 괜찮다는 답은 괜찮아지려고 노력 중이다, 별일 없다는 답은 별일 없을 것이라 믿고 싶다는 말로 들린다고 어디선가 들은 적이 있다.

안부에도 온도 차가 있다. 상대의 상황을 잘 알고 묻는 것과 그저 예의치레 안부가 있다. '괜찮아? 좀 어때?'는 온도가 따뜻하다. 지금 상대방의 기분이나 상태를 어느 정도 알기에 가능한 물음이다. 어제까지는 나빴는데, 그것을 알고 있는데, 그래서 어떤지 정말 궁금해서 묻는 진심 어린 말이다. '잘 지내고 있지? 잘살고 있지?'는 상대의 지금 상황을 모르니 어떤지 상태를 묻는 형식적인 미지근한 물음이다.

나도 그런 적이 있다. 엄마가 돌아가시고, 유난히 친구들의 걱정을 많이 샀다. 8월에 엄마를 보내고, 거의 서너 달을 친구들과 연락하지 않았다. 그들의 다정한 걱정에 왈칵 눈물이 쏟아질 것 같아 아예 받지 않았다. "이제 괜찮아."라고 말을 해도 이미 내 목소리에 그렇지 않음이 묻어 있었다. 그들은 "아직이구나. 그럴 거야."라고 간단하고도 정다운 말로 기다려주었다.

허리 수술을 하고도 그랬다. 주변에서 괜찮냐고 물었다. 답은 미지근했다. 나도 모르게 '좀'이라는 단어가 수식어처럼 따라 나왔다. 열심히 걷기도 하고, 의사가 시키는 대로 하고 있는데, 좀 그렇다는 것이다. 이렇게 누군가의 걱정을 알고 있을 때 질문이 '괜찮냐'다. 또 답은 '좀'이란 단어와 동행했다. 묻는 이도 답하는 이도 서로에 대한 정이 있는 안부이다. 모르는 사람에게 나의 상태를 상세하게 설명할 이유가 없다. 안부에도 기다리는 정이 보인다.

마음이 편해질 무렵 그 질문에 답은 강한 긍정이 따라 나온다. "응, 이제 괜찮아. 좋아."라고 표정에서 말투에서 이미 그늘이 사라지고 맑다. 말의 표정을 알아차릴 수 있는 사이. 서로에게 존재만으로 든든한 울타리다. 형제든 친구든 상관없다. 가까이 있어도 외로움을 느낄 수 있고, 떨어져 있어도 따뜻함을 느끼는 그런 사람이 있다. 목소리만 들어도 그 사람의 기분을 알아차리고, 물어주는 안부가 있다.

상담사의 역할은 그런 것이다. 잘 들어만 주어도 상대는 속까지 드러내고 이야기한다. 같이 웃어주고, 울어주고, 때로는 또 다른 상대를 도마질하며 호응해주면 끝이다. "좀 괜찮아."로 시작된 답은 "후련하다. 그래서 좋다."라고 변한다. 큰언니에게 난 그런 존재다. 일곱 살의 나이 차이지만 우린 더없이 좋은 벗이기도 하다. 멀리 떨어져 있는 작은언니는 그런 우릴 부러워한다. 자매간에도 떨어져 있는 거리만큼 미묘한 벽이 있는 모양이다. 벽으로도 정은 새어 나온다. 어제 본 듯 괜찮냐는 안부에 수다는 끝이 없다.

언니가 이삿짐을 정리하고 많이 밝아졌다. 얼마 되지 않았는데도 느껴진다. 아마도 자기편이 가까이 있다는 안도감이 들어서 아닐까? 혼자 살기에 안성맞춤인 집. 고향 언저리에서 아들과 동생의 온기가 미지근하게나마 느껴지는 이곳에서 건강하게 살길 바란다. 다음 주엔 쑥을 캐러 가기로 했다. 쑥 바구니에 봄내 가득한 쑥과 냉이, 그리고 우리만 아는 추억 한 바구니 담아 올 생각이다.

4시간의 외출

이사 준비가 한창이다. 이십여 년을 산 집이 재개발지역에 들어갔다. 덩치만 컸지, 장마철이면 시나브로 스며드는 빗물에 벽지가 군데군데 색이 바래 볼품없는 곳이다. 빨리 이곳을 벗어나 새로운 곳에서 살아보는 것을 간절히 원했었다. 이 집에 이사 오면서부터 함께한 가구들도 하나둘 고리가 삐걱거리고 낡아 맘이 뒤숭숭하던 차다. 버려도 어느 구석에서 나오는지 여기서 산 횟수만큼 묵혀두었던 것들이 끝없다.

"우린 몸만 쏙 빠져나가면 되겠다."

새로운 곳으로 옮긴다는 기대감에 분주했다. 포장 이사를 하자니, 짐이 너무 묵힌 것들이라 시간을 두고 조금씩 정리하기로 했다. 내가 할 수 있는 일은 옷 정리와 책 정리뿐 대부분 남편의 힘이 필요했다. 내가 운영한 이층 공부방의 자잘한 짐들, 다행히 중고 거래를 통해 책걸상과 사용할 수 있는 물건들은 정리한 상태다. 생각하지도 못했던 것들도 거래할 수 있어 이삿짐이 나간 후 잡동사니를 처리할 비용은 마련되어 신이 났다. 그런 사이트가 있는 줄 그때 알았다. 참으로 시대에 뒤떨어진 단순한 삶을 살았다.

이사를 며칠 앞둔 날 일이 터져버렸다. 아침, 아무 생각 없이 한마디 내뱉은 것이 화근이 되었다.

"진아 아빠, 형님들이랑 한 약속 다음으로 미루면 안 되려나? 이번 주는 짐 정리를 같이 좀 해야 할 것 같은데….”

걸레를 빨며 무심코 던진 말에 남편은 불같이 화를 내며 쏘아붙였다. 자기가 할 테니 가만두란다. 이번 한 번쯤은 그럴 수 있지 않을까 하는 마음에 한 말이 그렇게 화를 낼 말인지 말문이 막혀버렸다. 누나들에게 사랑받고 자란 것을 알기에 나도 그를 따라 지금껏 아무 말 하지 않았다. 그렇게 말해도 이해 못할 분들이 아니다. 그가 혼자 저렇게 짐을 지고 있는 것이 안쓰럽기도 하지만 때론 화도 났다.

나도 이번엔 달랐다. 한두 번 있었던 일은 아니지만 이사라는 큰일을 앞두고 예민했던 터라 감정이 요동쳤다. 한 번쯤은 내 말을 들어도 되지 않을까? 밥이 모래알 같이 입안에서 맴돌았다. 싸늘하게 굳어버린 공간에 더 이상 있을 수가 없었다. 차 열쇠를 들고 나와버렸다. 어디 가는지 묻는 그의 말에 아무런 답도 하지 않았다. 처음 보는 내 행동에 당황해하며 행선지를 말하지 않으면 가지 못하게 하는 남편의 말을 못 들은 척해버렸다.

무작정 차를 몰았다. 기분 탓인지 갓 피어오른 싱그러운 가로수들도 힘들어 보였다. 고속도로를 달렸다. 어디로 가야 할지 무작정 이십여 분 달렸다. 정신이 들 때쯤 차는 너무도 당연하다는 듯 고향인 통도사 요금소를 빠져나가고 있었다. 나 자신이 바보 같았다. 고작 간다는 곳이 여기라니. 때마침 라디오에서 지금의 내 심정을 대변해주는 듯한 노래 가사가 흘러나왔다. "이런 제길 이런 게 또 어딨어~"

엄마에게 가서 잠시 머물렀다 올까 생각하다 말았다. 좋은 모습만 보여도 모자랄 판에 이런 꼴로 엄마 앞에 서면 분명 눈물 콧물 흘릴 것이 뻔한 내 모습이 싫었다. 오로지 자식들을 위해 가시는 날조차 걱정이던 엄마에게 그곳에서까지 걱정을 끼치고 싶지 않았다. 그렇다고 친구들은 만날 몰골도 아니었다. 차라리 경주 형님한테 가서 하소연이라도 할까? 아무 일 없는 듯 점심이나 사 달라 할까? 한참 고민했다.

통도사에 가기로 했다. 맘의 문이 닫힌 상태에서는 누구를 만나 억지 웃음을 짓는 것도 위선이지 싶었다. 휴대폰 뒷면에 꼬깃꼬깃 접어 둔 비상금 이천 원으로 입장료를 사서 들어갔다. 천천히 걸었다.

욕심보다 더한 불길은 없고, 성냄보다 더한 독이 없으며 몸뚱이보다 더한 짐이 없으며, 고요보다 더한 즐거움이 없다. ─『법구경』에서

바위에 새겨둔 법문을 읽으며 걸었다. '시끄러운 것이 싫어 혼자 울고 혼자 풀고 그래봐야 남는 것은 뭔데?' 마스크 안에서 입술이 달싹거렸다. 솔가지 사이로 보이는 하늘과 바람이 따뜻하고 시원했다. 떨리는 눈동자

가 황금송 길이 끝날 무렵에서야 조금 진정되었다. 잔잔하게 스며든 글귀와 은은한 솔향이 단단히 상처 입은 내 마음을 쓰다듬어 주었다.

대웅전에 들어섰다. 복전함에 넣을 돈 한 푼 없었다. 무작정 나오느라 휴대전화에 넣어둔 카드가 전부인 빈털터리였다. 마침 예배 시간이라 스님은 열심히 "석가모니불"을 외우고 있었다. 구석자리에 앉아 조용히 있고 싶어 간 곳인데 편하질 않았다. 내 종교가 딱히 무엇인지 정해진 바는 없다지만 그저 맘이 울적할 땐 아무 생각 없이 앉아 있다 보면 안정이 되어 종종 찾는다. 눈을 감고 구석에 앉아 중얼거렸다.

마음에 상처가 단단히 났나 보다. 아무리 '석가모니불'을 되뇌어도 편치 않았다. 슬그머니 나와 인기척이 드문 벤치에 앉아 흐르는 시냇물만 멍한 눈으로 응시했다. 송사리 떼가 부지런히 물을 거스르고 있었다. 물살이 흐르는 곳에서는 더 힘차게 움직였다. 자신의 영역에서 벗어나지 않으려 몸부림을 치는 듯했다. 무리에서 떨어져 나가지 않으려는 저 작은 송사리, 그들도 무리의 소중함을 아는 듯했다. 나도 그랬다.

주어진 삶에서 벗어나지 않으려 무던히 노력했다. 화를 내고 언성을 높여 봤자 순간일 뿐, 집안의 분위기는 더 싸늘히 식어 버린다. 오히려 크게 한숨 한 번 내쉬고 나면 모든 것은 제자리로 돌아와 있다. 그래서 그 방법을 택했다. 불과 4시간의 무단 외출이지만 큰 용기를 갖고 이뤄

낸 반항이다. 생각 없이 던진 말에 혼자 멍들고, 스스로 치유되길 기다린

다. 다시 내 무리 속으로 향했다.

가끔 이기적이 되자

이른 아침이다. 선선한 갈바람과 더 높은 하늘의 햇살이 합주곡을 연주한다. 높은 하늘 한가운데 하얀 보름달이 이러지도 저러지도 못하고 엉거주춤 떠 있다. 이름 모를 새들이 비파나무 가지에 숨어들어 쨱쨱 소리만 낸다. 어제까지 비가 한없이 내려 궂던 날씨는 갓 시집온 새색시처럼 온순해졌다. 봉긋봉긋 피어오르는 국화꽃에 맺힌 이슬이 햇살을 받아 반짝인다. 휴대전화로 사진을 찍어 객지에 있는 아이들에게 이 여유와 신선함을 보낸다.

나는 원래 아침형이다. 나다니는 것을 별로 좋아하지 않아 일찍 자고, 일찍 일어나는 대한의 착한 어른인 셈이다. 친구들은 술을 할 줄 모르는 나를 향해 '무슨 재미로 사느냐'고 '네가 인생의 맛을 아냐?'고 구박이다. 술은 할 줄 몰라도 막상 나가면 분위기에 쉽게 젖어 잘 어울린다. 맨 정신으로 논다는 사실이 친구들은 맘에 들지 않는 모양이다. 그래도 나름 내 방식대로 인생의 맛을 간 보고 있다. 고이고이 접어 장롱 귀퉁이에 숨겨 놓았던 어릴 적 꾸었던 꿈을 하나하나 풀어가고 있다.

쉰하나. 늦은 나이일지도 모른다. 어느 봄날 접어두었던 꿈이 나풀거리며 나를 유혹하기 시작했다. 생각조차 하지 않았던 꿈들이 그해 나를 깨웠다. 디지털 대학 문창과 2016학번. 다시 스무 살의 그 열정에 부풀어 있던 때로 돌아가 보고 싶은 마음에 편입했다. 서투른 독수리 타법으로 자판을 두드리며 시험을 보고, 리포트를 작성하고, 학점을 기다리는 떨리는 심장은 살아 있음을 느끼기 충분했다. 대학생 아들과 국가장학금을 신청하고, 얼마 되지 않는 금액에 기뻐하며 난 늦깎이 학생이 되었다. 적성에 맞지 않은 공부를 하던 스무 살의 나보다 설레었다.

순천으로 떠난 MT. 화상으로 봐왔던 사람들을 만난다는 기대에 잠이 오지 않았다. 기차를 타고 가는 내내 긴장과 설렘이 함께했다. 단발머리를 새침하게 쓸어 넘기는 차창에 비친 내 모습은 이미 나이를 잊은 듯했다. 처음 만난 사람들, 대부분 나이가 비슷했다. 꿈을 꾸는 것은 나이와 상관이 없었다. 각자의 삶이 묻어 있는 글을 읽고 공감하며 우리는 하나의 공동체가 되었다. 그렇게 나도 차츰 나를 찾아가고 있었다. 아이들이 내 품을 떠난 후 찾아온 헛헛함을 또다시 스무 살의 삶을 택하면서 이겨냈다.

올 시월 초에 딸과 둘이서 일본으로 여행을 갔다.

"엄마, 교토나 오사카에 한번 갔다 와. 엄마랑 정말 어울리는 곳이야. 조용한 시골이라 딱 엄마가 와 봐야겠구나 하고 누나랑 갔을 때 느꼈어."
라고 말하던 아들의 적극적인 추천으로 그리고 딸의 노력으로 얻어낸 휴가였다. 아이들과 외출할 때마다 '나무 좀 봐봐. 너무 예쁘지?', '하늘 함 봐봐. 구름이 참 신기하네.'라며 조용히 가는 법이 없어 그들은 무의미하게 '응.' 하고 답하곤 했다. 그래서인지 그들은 시골의 풍경을 보면 내가 생각난다고 한다. 남편에게 거동이 불편한 엄마를 맡겨 두고 가려니 미안한 마음이 컸지만, 이번만은 이기적이고 싶었다.

낯선 곳으로의 여행은 편했다. 말이 통하지 않으니 굳이 말을 할 필요가 없었고, 들리지 않으니 무엇을 들으려 노력하지 않아도 되었다. 남의 눈치를 보지 않고 이방인으로 잠시 살아보는 삶도 괜찮을 것 같은 생각에 바보가 되어버리기로 했다. 모든 소통은 딸아이가 대신 해주었기에 난 말 못 하는 아기가 되어 그녀 곁에 머물기만 했다. 나만 생각하기로 마음먹고 떠난 여행이라 철저하게 즐겼다. 생각하고 느끼고 딸과 아주 가벼운 대화를 나누고, 너무 한가롭게 보낸 여행이었다.

남을 먼저 보고, 생각하고 내가 조금 손해 보는 삶을 살도록 배웠다. 그것이 배려요, 칭찬받는 삶이라 여겼다. 나는 그렇게 칭찬에 목말라 했다. '칭찬은 고래도 춤추게 한다.'는 말이 얼마나 한 사람의 삶을 굴레 속으로 밀어 넣는지 모른다. '다른 사람 다 해도 너는 아니다.'라는 말에 한 번쯤 하고 싶었던 마음도, 하늘 향해 날갯짓조차 해보지 못하고 퍼드덕거리며 곤두박질치는 허무함을 느끼고 살았다. 이제 아니다. 나는 아이들에게 '지금 나이에 맞는 할 수 있는 일은 다 해보라. 물론 남에게 피해만 주지 말고.'라고 말해준다. 하고 싶은 것도 때가 있는 법이란 것을 느껴본 엄마가 해줄 수 있는 최선의 말이다.

변화가 삶의 원동력이 된다. 나만 생각하고 주위의 눈치 보지 않고 보낸 3일, 지금도 그때의 사진 속 내 모습은 영혼이 훨훨 춤을 추듯 자유로워 보인다. 가끔, 아주 가끔 이름 모를 새들이 나뭇잎에 숨어 속삭이듯 나도 아무런 신경 쓰지 않고 자신과 밀애를 나누며 살아갈 것이다. 내 나이에 중년이라는 수식어가 붙었지만, 수식어야 붙이기 나름이다. 봄이 갔다고 영영 가는 것은 아니다. 돌고 돌아 그때의 봄은 아니지만, 또 다른 봄은 오는 법이다.

나이가 들어간다는 것은 참으로 아름다운 일이다.

몸서리치게 잊고 싶었던 슬프고 아픈 과거도 세월 앞엔

추억이란 예쁜 포장지에 싸여 고개를 내밀고 있다.

모든 것이 그립다.

편리한 도시에서 벗어나 불편해 보이는

좁은 실골목을 찾아 걷는 것도 그 때문인지 모른다.

지천명의 나이가 되고 보니 지난 모든 일들은

나를 미소 짓게 하고 아련하게 한다.

40

가로수

그럴 때가 있다. 아무것도 손에 잡히지 않고 처지는 날이 있다. 오늘이 그랬다. 이럴 땐 마음을 다잡지 않으면 한없이 빠져든다. 처진 몸을 추스르고 운동을 가기 위해 집을 나섰다. 쌀쌀한 바람이 제법 불었다. 바람에 모든 것이 날아가 버렸는지 하늘은 유난히 맑고 깨끗했다. 차가움이 눈으로도 느껴지는 겨울이다. 옷깃을 한껏 세워도 목이 자꾸 외투 속으로 한없이 파고들었다.

세상이 조용했다. 신호등의 녹색불이 깜박이며 걸음을 재촉했다. 뛸까, 말까 잠시 고민하다 다음 신호를 받기로 했다. 여기저기 눈길을 돌리며 맑은 겨울을 만끽하며 걸었다. 그때 추위에 오들오들 떨고 있는 나무 한 그루가 눈에 들어왔다. 벌거벗은 나무에 온통 얼음으로 덮여 있었다. 걸음을 멈추고 주변을 둘러보았다. 나란히 두 그루가 그랬다. 나무의 한기가 나에게로 전달되어 솜털이 삐죽거렸다. 어쩔 수 없이 발길을 돌렸지만 떨고 있을 나무가 머릿속에서 떠나지 않았다.

왜 하필 거기다 버린 것일까? 누가 그랬을까? 무거운 마음 탓에 운동이 되지 않았다. 보도블록으로 덮어 놓은 가로수. 겨우 땅의 공기를 들이킬 수 있을 정도의 숨구멍만으로도 힘들어 보인다. 이리저리 엉켜 있는 전깃줄에 걸려 마음껏 자랄 수도 없다. 그조차 모자라 우리의 편리대로 몸뚱이만 남겨둔 채 가지들을 잘라버린다. 얼굴이 화끈거렸다. 애써 추

슬펐던 마음인데 다시 한기가 느껴졌다.

　나무는 자기 몸은 생각하지 않는다. 차들이 뿜어대는 매캐한 매연조차 자신들의 몸을 통해 깨끗이 정화시켜 조용히 내어준다. 몸뚱이마저 잘려 나간 나무들은 '너에게 더 줄 게 있으면 좋겠는데, 내게 남은 것은 아무것도 없구나. 늙어 버린 나무 밑동밖에 안 남았어. 미안해.' 하며 우리에게 줄 것이 없어 안타까워한다.

　부모들도 그렇다. 자식들은 하나를 가지면 둘을 요구하고, 부모는 둘을 주고도 더 줄 것을 찾는다. 부모는 항상 미안해한다. 어린 자식에게 용돈을 주지 못한 것에 마음 아파했고, 내가 원하는 만큼 공부시켜주지 못해 아쉬워했다. 울 엄마는 그랬다. 서른여섯에 혼자되어 어린 세 딸을 키웠다. 이별의 아픔을 알기에 당신도 행여나 딸들을 두고 일찍 갈까 걱정이었고, 지금은 오래 살아 자식에게 폐가 될까 한숨을 쉬신다. 부모는 좋은 일도 궂은일에도 자식들 생각뿐이다.

　큰언니의 집에 가족들이 모였다. 조카의 아이 재롱에 모두 시선을 두었다. 조카는 갓 두 돌 지난 아이를 어르며 예뻐서 어쩔 줄 몰라 했다. 흐뭇한 표정으로 그 모습을 바라보던 언니가

　"야이, 이놈아. 나도 너 그렇게 키웠다. 제 새끼들은 다 그렇게 예쁜 법이다."며 툭 한마디 던졌다. 조카는 엄마가 언제 하며 의아한 표정을 짓

다 결국 등짝 한 대 맞고야 서로 웃었다. 자식은 저 혼자 큰 줄 안다. 부모가 자신에게 해 준 일보다 섭섭하게 했던 일만 기억한다.

나도 마찬가지다. 두 아이의 부모가 된 지금도 엄마에겐 "사랑한다." 소리 한 번 해본 적 없다. 쉰이 넘어도 난 엄마의 자식에 불과했다. 내 아이들에게는 하루에 한 번 사랑의 이모티콘을 핸드폰으로 날려 보낸다. 자식에게 하는 십분의 일만 부모에게 한다면 이 세상은 아름다운 세상이 되고도 남을 일이다. 말로는 알지만, 현실적으로는 참 어렵다. 신이 세상 자식들을 보살피기 어려워 엄마를 만들었다는 말처럼 엄마는 베푸는 삶을 살 뿐이다.

엄마는 맛난 음식을 두고 혼자 드시는 법이 없다. "니도 묵어라." 하시며 내 쪽으로 내민다. 맛있는 반찬은 모두 자식 쪽으로 내민다. 엄마는 비록 작고 약했지만, 그 무엇보다 든든한 버팀목이었다. 우리가 어린 시절엔 아무리 바쁘고 힘들어도 따뜻한 밥을 먹이려 노력했다. 따뜻한 밥을 먹고 다녀야 나가서 기죽지 않는다며 챙겼다. 추운 겨울 갈아입을 내의도 미리 이불 속에 넣어 데워주었다.

부모들은 온통 자식 생각만 한다. 나도 엄마다. 자식일 때의 나는 까마득히 잊고 부모로서 나만 보인다. 엄마가 된 내가 자식일 때 받았던 사랑과 관심을 그대로 대물림하고 있다. 추워도 더워도 즐거워도 슬퍼도 아이들이 먼저 생각난다. 특히 먹을 것 앞에서는 더욱 그렇다. 매일 끼니때가 되면 "밥은?" 하며 묻는다. 그런 나를 앵무새 같다고 "엄만 매일 밥만 드셔요?"라며 핀잔을 주기도 한다. 아마 귀찮다는 표현이 분명하지만 난 엄마니까 어쩔 수 없이 짝사랑에 빠져 있다.

사랑 중에 가장 아름다운 사랑은 짝사랑이다. 그중에 제일은 내리사랑이다. 이제 주는 사랑과 받는 사랑의 차이를 알 것 같다. 주는 사랑은 조건도 바람도 없어 서운함이 없다. 받는 사랑은 다르다. 받는 데 익숙해지면 더 많은 사랑을 요구한다. 부모가 우리의 곁을 영원히 떠날 때도 그렇다. 부모의 포근한 품이 그립고, 내가 위로받을 곳이 없어져 대성통곡하며 운다. 자식은 그렇게 끝까지 이기적이다.

바람이 되어서라도 한 번만

41

오늘도 난 이겼다

길 위에 서 있었다. 횡단보도는 허울뿐인 소방도로다. 차들은 자신이 주인인 양 좀처럼 양보할 생각을 하지 않고 끼어든다. 나도 주춤거리다 더 이상 기다릴 수 없어 한쪽 발을 먼저 집어넣고 말았다. 조금의 틈만 주면 저런다는 식으로 차가 기분 나쁜 소리를 내며 빵빵거린다. 나도 눈살을 하나 가득 찌푸리고는 달리는 차 뒤꽁무니를 째려보았다.

그때 길 건너편에서 갈피를 잃은 할머니를 보았다. 한 손에는 지팡이를 잡고, 또 다른 한 손에는 제법 묵직해 보이는 가방을 들고 있었다. 스텝을 놓친 댄서처럼 오른발을 넣었다 뺐다, 왼발을 넣었다 뺐다를 반복했다. 난 그녀의 파트너가 되어주려 다시 길을 건넜다. 한 손을 번쩍 들어 차들의 발목을 잡았다. 할머니의 허리를 감싸고 함께 건네 드렸다.

할머니는 고맙다고 몇 번을 되뇌었다. 행동이 굼떠서 차들이 서주지 않으면 한참을 그렇게 기다린다는 말씀 끝에 "새댁이는 늙지 마레이. 늙으면 사람도 아닌 기라. 바쁜 젊은이들에게 민폐만 끼치 샀고." 하시는 것이 아닌가. 머쓱해진 나는 할머니의 목적지를 물었다. 전철을 타고 딸 집에 가는 길이란다. 나도 전철을 타러 가는 길이라 짐을 맡아 들고 걸음을 맞추어 걸었다. 할머니의 이마에는 땀이 송골송골 맺혀 있었다.

할머니의 걸음에 속도를 나름 맞추느라 노력을 했지만 간격이 자연스레 벌어졌다 좁혀졌다 하기 일쑤였다. 할머니의 땀에 어쩌면 할머니가 내 속도에 맞추며 걸었는지 모른다는 생각에 미안한 맘이 찡했다. 타고 가는 전철의 방향이 달라 인사를 하고 헤어졌다. 그때 뒤에서 "복 받을 꺼요. 새댁이." 하는 소리가 들렸다. 한 것이 무엇이라 그렇게 고마워하시는지. 단지 방향이 같아서 동행한 것뿐인데 오십이 넘은 나에게 새댁이라 불러 주시며 덤으로 복까지 가득 담아 주시는지 오히려 감사했다.

"말 한마디에 천 냥 빚도 갚는다."라는 우리의 아름다운 속담이 있다. 힘들이지 않고 입만 움직이면 되는 일이다. '감사하다', '죄송하다' 이 말만 잘하면 천 냥 빚도 갚는다는데 어렵다. 먼저 그 말을 하기에 쑥스러워서, 아님 자존심이 상해서 눈치를 보다 기회를 놓친다. 그냥 내가 누군가의 발을 밟았던 밟혔던 죄송하다는 말에 서로 웃고 지나가는 일이 한두 번이 아니다.

언젠가 언양으로 온천을 가는 길이었다. 바람도 쐬고 따뜻한 물에 피로도 풀 겸 종종 가는 길이다. 국도라 중간중간 속도 측정기가 많아 내달리는 차들은 드문 편이다. 하지만 보행자들이 거의 없어 신호 위반하는 차들은 종종 본다. 그날도 마찬가지였다. 택시 한 대가 신호를 무시하고 급하게 달렸다. 마치 응급 환자라도 싣고 가는 것처럼 보지도 않고 우리 차가 흔들거릴 정도로 바람을 일으키며 가버렸다.

얼마 못 가서 그 택시가 갓길에 두 눈을 깜박이고 서 있었다. 다음 신호도 무시하고 가다 교통경찰에게 딱 걸린 것이다. 도망가다 들킨 학생처럼 무어라 변명하는 모양이다. 기사 아저씨가 택시에서 내려 오히려 삿대질하고 있었다. 정말 급해서 그런 것일까. 아님 내가 누군지 아느냐는 썩어빠진 언변을 하는지 씩씩거렸다. 그 옆엔 듬직한 경찰이 변함없는 표정으로 무엇인가 요구하고 있었다. 당연히 오로지 신분증만을 제시하라고 했을 것이다.

마침내 정의가 이기고 택시는 벌겋게 열을 받아 한 바가지 매연을 내뿜고는 꾸물거리며 떠났다. 우리는 당당하니 그냥 태연하게 갈 길을 가려 했다. 그 순간 그 경찰이 손짓하는 것이 아닌가. 도로 한복판까지 나와 우리를 옆으로 이끌었다. "신호 위반하셨습니다. 신분증 제시해주십시오." 하는 것이다. 그때서야 알았다. 남의 싸움 구경하다 우리도 그 속으로 빠져들어가 버렸다는 것을.

그 상황에서 우리는 웃음이 터지고 말았다. 경찰은 의아한 표정이었다. 남편은 재빨리 신분증을 제시하며 상황을 설명하였다. 벌을 주는 사람도 받는 사람도 얼굴엔 웃음이 가득했다. 바로 전날 이곳에서 인사 사고가 나서 신호 위반 차량을 엄격하게 단속하는 것이라고 설명해 주었다. 이렇게 된 이상 그냥 보내주기는 어렵고 벌점 없이 벌금만 내는 쪽지를 발부해주었다.

몇 번이고 수고하시라 인사하고 자리를 떴다. 벌을 받아도 아프지도 속상하지도 않았다. 인정해버리니 편했다. 누군가에게 감사하다, 고맙다, 죄송하다 하는 말을 해버리면 쉽게 일은 마무리가 된다는 것을 알았다. 동양인과 서양인의 사과와 감사를 인지하는 뇌 구조가 다르다는 말을 어느 프로그램에서 했던 것이 생각났다.

서양인의 사과는 그저 자기의 행동에 대한 책임에 불과하단다. 그러니 아주 가볍게 '쏘리(sorry)'라고 말한다. 반면 동양인의 사과는 자존심과 연결 지어 아주 심각하게 느낀다고 했다. 그러니 사과하기를 두려워한다. 오히려 인상을 쓰며 지나가 버리기도 한다. 이 때문에 "먼저 사과하는 사람이 이긴다."라는 속담을 만들었지 싶다.

늙어 서러운 그분은 복이 많은 분이 틀림없다. 그러니 아무것도 아닌 나에게 복을 나누어 주지 않았을까. 그 할머니 덕분에 쉽게 복을 나누어 주는 법도, 미안해하는 마음도 배웠다. 쏜살같이 변해가는 글로벌 세상에서 우리의 인식도 그 속도에 맞추어 변화되길 바라보는 하루다.

실골목 그 끝자락에

실골목, 그 길 위에 서 있다. 금방이라도 야금야금 사라져버릴 것 같은 좁은 길. 난 문득, 아니면 울컥 누군가 그리우면 아스라이 펼쳐진 그 길을 생각하곤 한다. 좁디좁은 그곳에서 어느 날의 향수에 젖어 눈을 감고 아득히 먼 옛길을 걷는다. 길섶에 피어 있는 이름 모를 잡초들의 끈질긴 생명력은 또다시 나에게 힘을 실어 준다.

걷기에 딱 좋은 오월. 오월의 햇살은 제법 따사롭다. 산청 예담촌 한적한 시골길을 걷는다. 골목을 타고 날아드는 구수하고 달콤한 냄새들. 매운 고추 뜸벅뜸벅 썰어 넣어 끓여내는 투박한 뚝배기에 담긴 된장찌개 냄새는 그 길과 잘 어울려 놀고 있다. 돌담을 따라 걷다 보면 막다른 골목에 어린 시절 내가 살던 집이 우두커니 서 있을 것 같다.

아련하게 그려지는 우리 동네. 논을 가운데 두고 거의 일렬로 집들이 둘러서 있었다. 머릿속에 집집마다 그 집 아이들의 이름이 생각날 정도로 작은 마을이었다. 우리 집은 마을을 들어서는 입구 쪽의 마지막 집이다. 작은 도랑을 건너 좁은 길로 들어서면 싸리문이 반쯤 열려 있던 집. 아낙의 부지런함이 한눈에 들어오는 반짝이는 장독대와 잘 어울리는 앵두꽃과 죽단화가 피어 있던 끝 집이다.

그곳은 내 추억 속의 집이다. 어린 날 돌봐야 하는 작은언니의 입학 통지서를 가져온 선생님을 붙들고 사정하던 엄마의 떨린 목소리, 부엌문 뒤에서 숨죽이고 그 모습을 훔쳐보며 떨고 있던 어린 우리의 모습. 풍요를 빌며 처마 밑 서까래에 달아놓았던 빈 꿩알들이 눈에 선하다. 축담에 걸터앉으면 보이던 노란 수국이 가득 피어 있던 읍내로 향하던 언덕길, 오래된 흑백 영화처럼 끊어져 나오는 기억들이 조합되어 만들어진 다섯 살에 떠나온 고향 집 모습이다. 그곳은 내가 중학교 때쯤 골프장이 생기면서 없어졌다.

이사 온 집도 골목 안쪽 집이었다. 탱자나무 울타리를 돌아가면 나오는 반쯤 무너진 흙담집. 부엌 딸린 방 한 칸인 남의 집 셋방살이, 겨울이면 천장에서 날뛰던 쥐들이 아무도 없는 안방을 점령하다 우리의 인기척에 소스라치게 놀라 함께 엉덩방아를 찧던 그 시절. 아비 없는 자식 소리 듣지 않으려 무조건 열심히 살아야 했던 그때는 어린 나에겐 부끄러움이었다. 누군가 내 과거를 알까 두 번째 고향인 그곳을 그리워하면서도 찾지 않았던 때도 있었다.

나이가 들어간다는 것은 참으로 아름다운 일이다. 몸서리치게 잊고 싶었던 슬프고 아픈 과거도 세월 앞엔 추억이란 예쁜 포장지에 싸여 고개를 내밀고 있다. 모든 것이 그립다. 편리한 도시에서 벗어나 불편해 보이는 좁은 실골목을 찾아 걷는 것도 그 때문인지 모른다. 지천명의 나이가 되고 보니 지난 모든 일들은 나를 미소 짓게 하고 아련하게 한다.

가끔, 문득 혼자서는 도저히 내 감정을 누르지 못하고 위로받고 싶은 날은 이제 그곳으로 간다. 비록 가난했지만 꿈을 꾸었고, 첫사랑의 설렘이 있던 두 번째 고향, 골목은 대부분 없어지고 잘 닦인 아스팔트 길이 여기저기 뻗어 있다. 낯설다. 내가 기억하던 곳에서 더듬어 찾은 우리가 살았던 골목은 입구만 변했을 뿐 그대로였다.

단칸방에서 보낸 사춘기. 엄마 앞에서 울지 못해 골목 어두운 곳에 숨어 울던 나를 발견하곤 한다. 나는 조용히 어린 내 어깨를 감싸고 한참을 그대로 있어 준다. 붉게 충혈된 눈을 한 사춘기의 나와 위로하고 싶은 지금의 내 눈이 마주치고 우리는 웃는다. 그렇게 서로 위로하고 돌아선다. 이 모든 것은 시절 인연에 머물러 그런 것이라고, 세월이 지나면 이 또한 아련한 추억이 된다고 말한다.

다시 길을 걷는다.

끊어질 듯 점점 좁아지는 길의 끝에서 휴대용 의자를 밀고 한 노인이 걸어온다. 길이 비좁다. 담에 몸을 바짝 붙이고 길을 내어 준다.

"어디서 왔능교? 여어 뭐 볼께 있다고 왔능교? 공일에는 객지 사람들 때문에 송신해 죽겠다. 우리 늘그니들은."

초점 읽은 노인의 눈에서 쓸쓸함이 흘렀다.

"그렇지예? 우리도 옛날에 시골에 살다 보니 이런 곳에 오면 고향에 온 것 같이 편안해서예. 조용히 한 바퀴 돌고 갈께예. 어르신 조심하이소."

그 노인은 어쩌면 이웃들이 하나둘 떠나고 들어오는 낯선 사람들에 의해 삶의 터전이 변해가는 것이 두려워서 그런지도 모른다. 우리 어머니가 피땀 흘리며 일구었던 전답과 집을 의붓아들에게 빼앗기고 고향을 등지고 나올 때의 불안감과 허무함에 아무런 표정 없이 멍하던 얼굴이 엿보이는 것 같았다. 절룩이며 사라지는 어르신의 뒷모습에 힘없이 허우적거리며 그림자가 뒤따르고 있었다.

부드러운 오월의 바람과 햇살이 위로되는 날이다. 이호우 시인은 '살구꽃이 핀 마을은 어디나 고향 같다'고 표현했다. 돌담으로 이어진 실골목에 서면 나도 고향에 온 듯하다. 조금씩 사라져 가는 '고샅길'과 '실골목'이 주는 의미들이, 평화롭고 아늑한 풍경들이 남아 있기를 바라는 것은 어쩌면 내 이기적인 마음이다. 우리는 변명처럼 이 길은 고향 같아 포근하다 말하고는 냇내가 아닌 향긋한 커피 향에 이끌려 실골목을 벗어나고 있었다.

43

오일장

나는 오일장을 즐겨 찾는다. 시골에서 자란 탓인지 살아 있는 풍경이 마음에 들어 그곳에 가기를 좋아한다. 오일장에 가보면 없는 것이 없다. 인정이 있고, 여유가 있고, 젊음과 늙음이 공존한다. 더 가져가려는 사람과 주지 않으려는 사람과의 실랑이 속에도 정이 흐른다. 생선전, 채소전, 과일전 등 상품 종류별로 나누어진 장에는 눈에 보이지 않는 그들만의 질서도 있다.

이번 장에서는 미역국에 넣을 조개를 살 계획이다. 연신 물을 뿜어내는 조개를 유심히 들여다보았다. 옆에서 아저씨가 조개를 열심히 까고 있다. 내 주문이 떨어지기 무섭게 얼른 장갑을 벗고 행여 비린내가 따라갈까 젖은 손을 때 묻은 수건에 몇 번을 닦고서야 쪼글한 조갯살을 봉지에 넣어 내민다. 하루 종일 조개를 까느라 손이 퉁퉁 불어 있다. 손마디가 굽어 펴지지도 않는다. 가족의 삶을 짊어진 등 굽은 가장의 부르튼 손이 애처롭다.

어디서 "뻥이요"를 외치는 순간 터져버린 소리에 사람들은 움찔 놀란다. 할머니들이 가져온 뻥튀기 감이 깡통에 담겨 차례를 기다리고 있다. 옥수수, 말린 가래떡, 온갖 곡식 등 종류도 다양하다. 내가 어릴 때 군것질거리가 없던 시골에서는 뻥튀기 아저씨가 인기였다. 한 달에 두어 번씩 온 것 같다. 집집마다 곡식들을 자루에 담아 와 차례를 기다렸다. 뻥

뻥거리는 소리에 귀를 막고 오들오들 떨던 그때의 설렘을 이곳에서 느껴본다.

장터 하면 국밥이다. 노인들이 삼삼오오 모여 대낮 술판이 벌어졌다. 구수하다. 나도 식당 안을 기웃거렸다. 흥이 오른 노인들 틈에 한 노인이 국밥 한 그릇을 두고 멍하니 앉아 있다. 그 옆엔 뚜껑을 열지 않은 소주병과 비어 있는 잔 두 개가 마주하고 있다. 숟가락 두 개가 얌전하게 뚝배기에 걸쳐져 있다. 누구를 기다리는 것인지 노인의 눈은 오로지 국밥만 응시하고 있다. 나도 모르게 안으로 들어가 노인의 옆 테이블에 앉았다.

그 노인은 나와 닮아 있다. 누군가 그리워 울어버릴 것 같은 큰 눈들이 마주쳤다. 노인은 내 머릿속에 잠재되어 있던 아버지의 허상 같았다. 아버지는 돌아가시기 며칠 전 가마니를 짜서 장엘 갔단다. 가마니 판 돈으로 따뜻한 국밥 한 그릇 먹자며 가벼운 걸음으로 고개 넘었단다. 하필이면 그날따라 한 장도 팔리지 않아 고픈 배를 안고 돌아왔다고 한다. 그러고는 그 이튿날 갑작스레 돌아가시는 바람에 결국 국밥 한 그릇 드시지 못했다며 엄마는 국밥만 보면 아버지 이야기를 했다.

나는 아버지의 얼굴도 모른다. 내 머릿속의 아버지 모습은 엄마의 이야기로 만들어진 것이다. 나와 꼭 닮았다는 말에 크고 슬픈 눈을 가진 남자의 모습을 그려 왔기에 생긴 허상이 내 옆에 우두커니 앉아 있는 듯했다. 만삭이었던 엄마에게 따뜻한 국밥 한 그릇 먹이지 못해 미안해하는 초라한 내 아버지의 모습처럼 보였다. 나도 국밥 한 그릇을 시켰다. 어르신에게 맛나게 드시고 가시라고 눈인사를 건네며 어르신 몫까지 계산을 하고 나왔다.

국밥집을 나온 나는 시끌벅적한 인파 속에 한참 동안 쉽게 섞이지 못했다. 뒤를 돌아보니 그 어르신은 보이지 않았다. 주위를 둘러봐도 그의 모습을 찾을 수 없었다. 괜스레 얼굴도 모르는 아버지에게 따뜻한 국밥 한 그릇 대접한 기분이 들어 괜스레 좋았다. 무엇이 그리 바빠 내 얼굴도 보지 않고 가셨는지. 국밥은 지금의 내가 얼마든지 사드릴 수 있는데, 이제 그럴 수 없는 가슴 아픈 음식으로 남았다는 사실에 마음 한구석이 저려온다.

오일장에는 아픈 추억이 있어 아련하다. 조막조막 물건을 펴놓고 오가는 사람들을 물끄러미 바라보며 쪼그려 앉은 노인들. 옛날 내 엄마의 모습이다. 여자의 몸으로 혼자 세 아이를 키우기 위해 남의 집 일이며, 시장 한 귀퉁이에서 좌판을 깔고 미나리를 파는 일이며 온갖 궂은일을 마다하지 않은 엄마. 그로 인해 거칠어지고 까맣게 타버린 손을 창피해하던 엄마. 그런 엄마가 더 창피했던 나. 얼굴이 달아오른다. 지금은 그때가 그리워 장을 찾는다.

나에게 오일장은 정을 채워 오는 곳이다. 풍성한 인심에 마음이 포근해진다. 환상 속의 아버지를 만나 좋다. 습관처럼 엄마가 좋아했던 따뜻한 수수부꾸미 두어 장을 식지 않게 돌돌 말아 들고 집으로 향한다. 엄마가 어린 우리를 부뚜막에 옹기종기 앉혀두고 차례로 입에 넣어 주던 간식이다. 엄마가 힘없는 턱을 움직이며 오물오물 드시던 모습이 자꾸 떠오른다. 수수부꾸미는 또 하나의 애절한 음식으로 내게 남았다.

좌판에 놓인 시들어버린 푸성귀에 물을 뿌리는 노인의 손아귀에 힘이 들어간다. 노인은 이내 힘 빠진 손으로 티끌 하나 없이 가지런히 놓인 상추며 부추를 다시 정리한다. 나는 그 노인 앞에 서서 시들어 가는 것들을 담아온다. 고맙다며 더 넣어 주려는 것을 한사코 거절한다. 어차피 다 먹지 못한다는 것도 이유지만 시장 노점에 앉은 그들의 모습은 옛날 내 엄마의 모습을 닮았기 때문이다.

붐비는 사람들 사이로 정이 오가고 오일장. 점점 사라져 가는 시골 장. 손님보다 상인이 많아 더 썰렁하게 느껴지는 곳, 그곳에서 누군가는 삶의 의미를, 또 누군가는 친정에 들른 듯 추억 한 보따리 챙겨 간다. 다음 장에선 내 눈에만 보이는 아버지가 엄마와 마주 앉아 기분 좋은 얼굴로 국밥을 드시고 계시려나.

비늘구름 뜨는 오후

엄마, 잘 지내고 있죠? 그렇게 보고 싶어 하던 할머니랑 이모 만나 방방곡곡 여행 다니시느라 정신이 없겠어요. 언니들 만나서 엄마 계시는 곳에 갔더니 안 계시는지 "아이고, 우리 딸내미들 왔나?" 한마디 말이 없더군요. 그래도 우린 섭섭하지 않아요. 엄마가 놀러 갔다고 여기니까요. 엄마, 탁 트인 하늘 보니 속이 시원하지요?

생전에 아들 없어 말도 못 하시고, 울산 이모 묘를 그렇게 부러워하시는 모습에 참, 마음이 무거웠어요. 말로는 한 줌의 재로 만들어 흔적도 없이 새 모이가 되게 뿌려 달라고 하더니, 말씀하셨으면 될 걸 혼자 속앓이를 한 것 같아 마음이 아팠어요. 엄마가 아주 좋지 않을 때 엄마 갈 곳도 정해 뒀다는 말에 내 집도 마련해 뒀냐며 그리 반갑게 웃으시던 모습이 눈에 선합니다. 마음에 드셨으면 좋겠어요.

비늘구름이 하늘에 가득한 날이면 엄마 생각이 더 나요. 이맘때면 갈치 맛날 때라고 김 서방 제주도 갈 때마다 사 오라 하시더니, 올해는 말이 없네요. 곧 있으면 전어 철인데 엄마가 찾지 않으니 저도 별생각이 없어요. 음식도 같이 먹어줄 사람이 있어야 제 맛이 나잖아요? 그 음식도 추억이 되어 버렸어요. 철마다 두릅이며, 응개며, 산초잎 찾으시더니.

엄마, 웃기는 이야기 하나 해드릴까요? 작년에 혼자 김장을 했잖아요. 사실 엄마가 가신 해에는 김장도 안 하고 그냥 여기저기 얻어먹었어요.

엄마가 옆에서 젓갈 얼마나 넣어라, 고춧가루 그만 넣으라고 훈수를 해 주지 않아서 너무 묽어 고춧가루 조금씩 더 넣었더니 또 빡빡하고, 아무튼 맛이 엉망이었어요. 나이가 몇인데 하고 엄마 있었으면 혼나도 싸겠지요.

엄마, 사실 이런 이야기 하려던 건 아니에요. 오해를 풀어 드려야 될 것 같아서요. 엄마 가시고 큰언니한테 들었어요. 엄마가 요양원 가는 날 "우리 막내가 내 갖다 버리는 갑네." 하셨다면서요. 아니에요. 절대 아니에요. 어떻게 내가 엄마를 그러겠어요. 엄마가 아기처럼 되어버렸고 그 사실이 너무 슬퍼 언니와 통화를 할 때마다 울었어요. 엄마가 가엾어서요.

"현진아, 엄마 요양원 보내자. 니가 집에서 꼼작도 못 하고 엄마 옆에 붙어 있다가 니가 우울증 걸리겠다. 이건 아닌 것 같다."

언니들의 말도 그렇고 전문적인 곳에 보내어 보살핌 받는 것이 나을 수 있다는 주변 사람들의 말에 내가 잠시 정신이 나갔나 봐요. 사실 엄마가 요양원에서 편한 침대에 있는 모습에 안도감이 들기까지 했어요. 그런데 나흘 만에 그렇게 쉽게 가실 줄은 몰랐어요.

내게 섭섭한 마음이 너무 컸나 봐요. 조금만 더 참았더라면 집에서 막내가 해주는 흰 쌀밥에 갈치구이 얹어 더 드시고 가셨을 텐데. 가끔 나 혼자서 고생 더 이상 하지 않고 할머니 곁으로 가셔서 어쩌면 다행이라 위로하다가도 엄마의 그 말이 생각나면 죄인이 된답니다. 엄마가 평소에도 내 말이면 "맞나?" 하셨잖아요. 지금도 그랬으면 참으로 좋겠어요.

참, 엄마. 우리 이사했어요. 우리 집 뒷산이던 윤산이 훤하게 보이는 앞 동네로 이사 왔어요. 엄마가 있었으면 베란다에 앉아 담배 한 대 피우며 "아이고, 속이 시원하다. 전철이 지나가는 것도 보이네." 하실 텐데. 가끔 멍하니 전철 지나가는 것을 볼 때면 김 서방이랑 둘이서 엄마 이야기 한답니다. 초롱이 산책길에 엄마도 휠체어 타고 아파트 한 바퀴 돌고 했으면 좋았을 텐데 아쉽기만 합니다.

얼마 전에 작은언니 와서 우리 어릴 때 이야기 많이 했어요. 언니 입 돌아갔을 때 생각나죠? 엄마 일 나가고 우리끼리 저녁 준비할 때 언니가

"야, 바람을 부는데 자꾸 옆으로 새 나간다. 이것 봐라."

"언니야, 니 입이 삐딱한 것 같다. 나는 그리 안 되는데."

언니는 침을 뱉으면 옆으로 간다고 신기해하며 갸우뚱거렸어요. 우리는 그저 그것이 신기해서 누가 멀리 보내나 침 뱉기 놀이하고, 불 살리기 놀이도 했답니다. 언니의 모습이 우습고 재미있어 나도 따라 하며 신이 나 떠들어댔지요. 언니가 초등학교 3학년, 내가 1학년 때였지요.

"아이고 우리 똥강아지들 저녁 하고 있나?"

"엄마, 있다 아이가, 언니 억수로 신기하데이. 침 뱉으면 자꾸 옆으로 간다."

난 엄마의 소리에 뛰어나가 자랑했지요. 엄마는 언니의 그런 얼굴을 보고 그 자리에 풀썩 주저앉고 말았죠. 얼굴이 파랗게 질리더니 하얗게 변하더군요. 엄마의 그런 모습을 한 번도 본 적이 없던 우리는 어리둥절하기만 했어요. 언제나 강한 엄마였기에 놀랄 수밖에요. 그때야 알았죠. 큰일이 일어났다는 사실을요.

그때부터 엄마도 외할머니처럼 새벽바람 맞으며 기도했죠. 아직 다들 잠들어 있는 시간 장독대 앞에 서서 무어라 열심히 중얼거리면서요. 흐르는 눈물을 이리저리 훔쳐 가며 머리를 조아리던 모습이 생각나요. 평소 미신이라면 두 손을 내젓던 사람이 자식 앞에서는 무엇이든 잡고 매달리게 되는 한없이 약한 엄마이더군요.

자식을 낳아봐야 부모 마음 안다고요. 엄마가 먹을 것 앞에서 멀리 있는 언니들 생각하면 구박했지요. 그런데 나도 엄마랑 똑같이 되어가고 있어요. 아마 현진이가 나를 보면 내가 엄마한테 한 것처럼 "아이고, 참. 엄마나 맛나게 드셔."라고 구박 주겠죠. 아무 일도 아닌 걸로 엄마랑 참 많이도 싸웠는데 그렇지요?

딸들은 누구나 자신의 엄마처럼 살지 않으려 노력한답니다. 엄마도 할머니한테 갔다 오면 "너거 할매는 와 저러고 사는지 모르겠다."며 속상해하셨죠. 나도 절대 엄마처럼 살지 않고, 나를 위해 살 것이라 다짐했어요. 그런데 지금 엄마랑 똑같대요. 뭐 어쩔 수 없죠, 엄마 딸인데.

가시기 얼마 전에 "니는 내 안 보고 싶겠나? 나는 니 보고 싶을 낀데." 하던 말이 맴돌아도, 유복자 울음소리 저승까지 들린다고 누구든 나 절대 울리면 안 된다고 항상 말해서 저 엄청 씩씩하게 지내고 있어요. 이렇게라도 엄마랑 이야기를 나누니 기분이 좋아요. 엄마, 잘 지내고 계세요. 여긴 뒤돌아보시지도 마시고요. 우리가 엄마 찾아갈 것이니까요.

엄마, 찬바람 불면 엄마가 제일 좋아하던 제주도 갈치 튼실한 놈으로 노릇하게 구워 찾아갈게요. 엄마한테 갈 때 식혜와 찰떡만 사 가서 질린 건 아닌지 모르겠네요. 잡수시고 싶은 것 있으면 바람이 되어서라도 한 번만 다녀가 주세요. 꼭이요. 오늘도 선선한 바람에 비늘구름이 가득하네요.